Taschenbuch – Literatur - Klassiker

AF199076

Band 39
Conrad Ferdinand Meyer
Der Schuss von der Kanzel

Conrad Ferdinand Meyer
Der Schuss von der Kanzel

Band 39
1.Auflage
Taschenbuch-Literatur-Klassiker
Herausgeber Frank Weber, Marburg
Bibliografische Information der Deutschen Nationalbibliothek:
Die Deutsche Nationalbibliothek verzeichnet diese Publikation in der Deutschen
Nationalbibliografie; detaillierte bibliografische Daten sind im Internet abrufbar über
http://dnb.dnb.de
© 2018 Conrad Ferdinand Meyer
ISBN: 9783750418356
Herstellung und Verlag: BoD – Books on Demand, Norderstedt

Inhalt

Erstes Kapitel	7
Zweites Kapitel	11
Drittes Kapitel	13
ViertesKapitel	17
Fünftes Kapitel	25
Sechstes Kapitel	30
Siebtes Kapitel	33
Achtes Kpaitel	37
Neuntes Kapitel	40
Zehntes Kapitel	43
Elftes Kapitel	46

Conrad Ferdinand Meyer

Der Schuß von der Kanzel

Novelle

Erstes Kapitel

Zween geistliche Männer stiegen in der zweiten Abendstunde eines Oktobertages von dem hochgelegenen Ütikon nach dem Landungsplatze Obermeilen hinunter. Der kürzeste Weg vom Pfarrhause, das bequem neben der Kirche auf der ersten mit Wiesen und Fruchtbäumen bedeckten Stufe des Höhenzuges lag, nach der durch ein langes Gemäuer, einen sogenannten Hacken, geschützten Seebucht, führte sie durch leere Weinberge. Die Lese war beendigt. Zur Rechten und Linken zeigte der Weinstock nur gelbe oder zerrissene Blätter, und auf den das Rebgelände durchziehenden dunkelgrünen Rasenstreifen blühte die Zeitlose. Nur aus der Ferne, wo vielleicht ein erfahrener Mann seinen Wein außergewöhnlich lange hatte ausreifen lassen, damit der Tropfen um so kräftiger werde, scholl zuweilen ein vereinzeltes Winzerjauchzen herüber.

Die beiden schritten, wie von einem Herbstgefühle gedrückt, ohne Worte einer hinter dem andern. Auch bot ihnen der mit ungleichen Steinplatten und Blöcken belegte steile Absteig eine unbequeme Treppe und wurden sie vom Winde, der aus Westen her in rauhen Stößen über den See fuhr, zuweilen hart gezaust.

Die ersten Tage der Lese waren die schönsten des Jahres gewesen. Eine warme Föhnluft hatte die Schneeberge und den Schweizersee auf ihre Weise idealisiert, die Reihe der einen zu einem einzigen stillen, großen Leuchten verbunden, den andern mit dem tiefen und kräftigen Farbenglanze einer südlichen Meerbucht übergossen, als gelüste sie eine bacchische Landschaft, ein Stück Italien, über die Alpen zu versetzen. Heute aber blies ein heftiger Querwind, und die durch grelle Lichter und harte Schatten entstellten Hochgebirge traten in schroffer, fast barocker Erscheinung dem Auge viel zu nahe.

»Pfannenstiel, dein Vorhaben entbehrt der Vernunft!« sagte nun plötzlich der Vorangehende, ein kurzer, stämmiger, trotz seiner Jugend fast etwas beleibter Mann, stand still und kehrte sein blühendes Gesicht rasch nach dem schmalen und hagern Gefährten um.

Dieser stolperte zur Antwort über einen Stein; denn er hatte den Blick bis jetzt unverwandt auf die Turmspitze von Mythikon geheftet, die am jenseitigen Ufer über einer dunkelbewaldeten Halbinsel als schlanke Nadel in den Himmel aufstach. Nachdem er seine langen Beine wieder in richtigen Gang gebracht hatte, erwiderte er in angenehmem Brusttone:

»Ich bilde mir ein, Rosenstock, der General werde mich nicht wie ein Lästrygone empfangen. Er ist mein Verwandter, wenn auch in entferntem Grade, und gestern noch habe ich ihm meine Dissertation über die Symbolik der Odyssee mit einer artigen Widmung zugesendet.«

»Heilige Einfalt!« brummte Rosenstock, der sein kräftiges Kolorit dem Gewerbe seiner Väter verdankte, die seit Menschengedenken eine in Zürich namhafte Fleischer- und Wursterfamilie gewesen, »du kennst ihn schlecht, den da drüben!«, und er deutete mit einer kurzen Bewegung seines runden Kinns über den See nach einem Landhause von italienischer Bauart, das an der nördlichen Einbuchtung der eichenbestandenen Halbinsel lag. »Er ist für seine Verwandten nicht zärtlich, und deine schwärmerische Dissertation, die übrigens alle Verständigen befremdet hat, spottet er dir zuschanden.« Der Pfarrer von Ütikon blies in die Luft, als formte er eine schillernde Seifenblase, dann fuhr er nach einer Weile fort:

»Glaube mir, Pfannenstielchen, du hast besser mit den beiden Narren dort drüben, den Wertmüllern, nichts zu schaffen. Der General ist eine Brennessel, die keiner ungestochen berührt, und sein Vetter, der Pfarrer von Mythikon, das alte Kind, bringt unsern Stand in Verruf mit seiner Meute, seinem Gewehrkasten und seinem unaufhörlichen Puffen und Knallen. Du hast ja selbst im Frühjahre als Vikar genug darunter zu leiden gehabt. Freilich die Rahel mit ihrem feingebogenen Näschen und ihrem roten Kirschmunde! Aber sie liebt dich nicht! Die Junkerin wird schließlich bei einem Junker anlangen. Es heißt, sie sei mit dem Leo Kilchsperger verlobt. Doch laß dich's, hörst du, nicht anfechten. Ein Korb ist noch lange kein consilium abeundi. Um dich zu trösten: Auch ich habe deren einige erhalten, und, siehe, ich lebe und gedeihe, bin auch vor kurzem in den Stand der Ehe getreten.«

Der lange Kandidat warf unter seinen blonden, vom Winde verwehten Haaren hervor einen Blick der Verzweiflung auf den Kollegen und seufzte erbärmlich. Ihm mangelte die dessen Herzmuskel bekleidende Fettschicht.

»Weg! fort von hier!« rief er dann schmerzvoll aufgeregt. »Ich gehe hier zugrunde! Der General wird mir die erledigte Feldkaplanei seiner venezianischen Kompanie nicht verweigern.«

»Pfannenstiel, ich wiederhole dir, dein Vorhaben entbehrt der Vernunft! Bleibe im Lande und nähre dich redlich.«

»Du nimmst mir allen Lebensatem«, klagte der Blonde. »Ich soll nicht fort und kann nicht bleiben. Wohin soll ich denn? Ins Grab?«

»Schäme dich! Deine Knabenschuhe vertreten sollst du! Der Gedanke mit der venezianischen Feldkaplanei wäre an sich so übel nicht. Das heißt, wenn du ein resoluter Mensch wärest und nicht so blaue unschuldige Kinderaugen hättest. Der General hat sie neulich mir angetragen. Ein so geräumig entwickelter Brustkasten würde seinen Leuten imponieren, meinte er. Natürlich Affenpossen! Denn er weiß, daß ich ein befestigter Mensch bin und meinen Weinberg nicht verlasse.«

»Warst du drüben?«

»Vorgestern.« – Dem Ütikoner stieg ein Zorn in den Kopf. »Seit er wieder hier ist – nicht länger als eine Woche –, hat der alte Störefried richtig Stadt und See in Aufruhr gebracht. Er komme, vor dem nächsten Feldzuge sein Haus zu bestellen, schrieb er von Wien. Nun er kam, und es begann ein Rollen von Karossen am linken Seeufer nach der Au zu. Die Landenberge, die Schmidte, die Reinharte, alle seine Verwandten, die den ergrauten Freigeist und Spötter sonst mieden wie einen Verpesteten, alle kamen und wollten ihn beerben. Er aber ist nie zu Hause, sondern fährt wie ein Satan auf dem See herum, blitzschnell in einer zwölfrudrigen Galeere, die er mit seinen Leuten bemannt. Meine Pfarrkinder reißen die Augen auf, werden unruhig und munkeln von Hexerei. Nicht genug! Vom Eindunkeln an bis gegen Morgen steigen feurige Drachen und Scheine aus den Schlöten des Auhauses auf. Der General, statt wie ein Christenmensch zu schlafen, schmiedet und schlossert zuweilen die ganze Nacht hindurch. Kunstreiche Schlösser, wahre Prachtstücke, hab ich von seiner Arbeit gesehen, die kein Dietrich öffnet, für Leute, sagte er mit einem boshaften Seitenblicke auf meine apostolische Armut, die Schätze sammeln, welche von Dieben gestohlen und von Motten gefressen werden. Nun du begreifst, die Funkengarbe spielt ihre Rolle und wird als Straße des Höllenfürsten durch den Schornstein viel betrachtet und reichlich besprochen. So wuchs die Gärung. Die Leute aufklären ist von eitel bösen Folgen. Ich wählte den kürzeren Weg und ging hinüber, den General als Freund zu warnen. Kreuzsapperlot, an den Abend werd ich mein Lebtag denken. Meine Warnung beseitigte er mit einem Hohnlächeln, dann faßte er mich am Rockknopfe, und ein Diskurs bricht los, wie Sturm und Wirbelwind, sag ich dir, Pfannenstiel., Mit abgerissenen Knöpfen und gerädert kam ich nach Hause. Mosler hat er mir vorgesetzt, aber mit den größten Bosheiten vergällt. Natürlich sprach er von seinem Testamente, denn das ist jetzt sein Steckenpferd. ›Ihr steht auch darin, Ehrwürden!‹ Ich erschrecke. ›Nun, ich will Euch den Paragraphen weisen.‹ Er öffnet das Konvolut. ›Leset.‹ Ich lese, und was lese ich, Pfannenstiel?

... ›Item, meinem schätzbaren Freunde, dem Pfarrer Rosenstock, zwei hohle Hemdknöpfe von Messing mit einer Glasscheibe versehen, worunter auf grünem Grunde je drei winzige Würfelchen liegen. Gestikuliert der Herr auf der Kanzel nun mit der Rechten, nun mit der Linken, und schüttelt besagte Würfelchen auf eine ungezwungene Weise, so kann er vermittelst wiederholter schräger Blicke bei währendem Sermone mit sich selbst ein kurzweiliges Spielchen machen. Vorgenannte Knöpfe sind in Algier, Tunis und Tripolis bei den Andächtigen beliebt und finden ihre Anwendung in den Moscheen während der Vorlesung des Korans‹ ...

Nun denke dir, Pfannenstiel, das Ärgernis bei Eröffnung des Testamentes! – Der Bösewicht ließ sich dann erbitten, mir die Gabe gleich einzuhändigen und den Paragraphen zu streichen. Hier!« Und Rosenstock hob das niedliche Spielzeug aus seiner Brusttasche.

»Das ist ja eine ganz ruchlose Erfindung«, sagte Pfannenstiel mit einem Anfluge von Lächeln, denn er kannte die Neigung des Ütikoners zum Würfelspiele, »und du meinst, der General ist allen geistlichen Leuten aufsässig?«

»Allen ohne Ausnahme, seit er puncto gottloser Reden prozessiert und um eine schwere Summe gebüßt wurde!«

»Ist ihm nicht zu viel geschehen?« fragte Pfannenstiel, der sich den helvetisch reformierten Glaubensbegriff mit etwas bescheidener Mystik versüßte und in dem keine Ader eines kirchlichen Verfolgers war.

»Durchaus nicht. Nur mußte er die ganze große Rechnung auf einmal bezahlen. Auf seinem ganzen Lebenswege, von Jugend an hat er blasphemiert, und das wurde dann so gesammelt, das summierte sich dann so. Als er endlich in unserm letzten Bürgerkriege Rapperswyl vergeblich belagerte, ohne Menschenleben zu schonen, was die erste Pflicht eines republikanischen Heerführers ist, erbitterte er die öffentliche Meinung gegen sich, und wir durften ihm an den Kragen. Da wurde ihm eingetränkt, was er alles an unserer Landeskirche gefrevelt hatte. Jetzt freilich dürfen wir dem Feldherrn der Apostolischen Majestät weiter nichts anhaben, sonst wird er uns zum Possen noch katholisch und das zweite Ärgernis schlimmer als das erste. Man erzählt sich, er tafle in Wien mit Jesuiten und Kapuzinern. – Wir geistlichen Leute sind eben, so oder so betitelt und verkleidet, in der Welt nicht zu entbehren!«

Der Ütikoner belachte seinen Scherz und blieb stehen. »Hier ist die Grenze meines Weinbergs«, sagte er. Mit diesem Ausdrucke bezeichnete er seine Gemeinde. »Willst du nach dem Erzählten noch hinüber zum Generale? Pfannenstiel, begehst du die Torheit?«

»Ich will es ein bißchen mit der Torheit versuchen, die Weisheit hat mir bis jetzt nur herbe Früchte gezeitigt«, erwiderte Pfannenstiel sanftmütig und schied von seinem gestrengen Kollegen.

Zweites Kapitel

Wenig später saß der verliebte und verzweifelnde Kandidat auf dem Querbrette eines langen und schmalen Nachens, den der junge Schiffmann Bläuling mitten über die Seebreite mit kaum aus dem Wasser gehobenem Ruder der Au zulenkte.

Schon warf das schweigsame Eichendunkel seine schwarzen Abendschatten weit auf die schauernden Gewässer hinaus. Bläuling, ein ernsthafter, verschlossener Mensch mit regelmäßigen

Gesichtszügen, tat den Mund nicht auf. Sein Nachen schoß gleichmäßig und kräftig, wie ein selbständiges Wesen durch die unruhige Flut. Auf und nieder war der ganze See mit gewölbten Segeln bevölkert; denn es war Sonnabend und die Schiffe kehrten von dem gestrigen städtischen Wochenmarkte heim. Drei Segel flogen heran, die eine Figur mit sich verschiebenden Endpunkten bildeten, und schlossen das Schifflein des Kandidaten in ihre Linien ein. »Nehmt mich mit in die weite Freiheit!« flehte er sie unbewußt an, aber sie entließen ihn wieder aus ihrem wandernden Netze.

Unterdessen näherte sich zusehends das Landhaus des Generals und entwickelte seine Fassade. Der fest, aber leicht aufstrebende Bau hatte nichts zu tun mit den landesüblichen Hochgiebeln, und es war, als hätte er bei seiner Eigenart die Einsamkeit absichtlich aufgesucht.

»Dort ist das Kämmerlein der Türkin«, ließ sich jetzt der schweigsame Bläuling vernehmen, indem seine Rechte das Ruder fahren ließ und nach der Südecke des Hauses zeigte. »Der Türkin?« Der ganze Kandidat wurde zu einem bedenklichen Fragezeichen.

»Nun ja, der Türkin des Wertmüllers; er hat sie aus dem Morgenlande heimgebracht, wo er für den Venezianer Krieg führte. Ich habe sie schon oft gesehen, ein hübsches Weibsbild mit goldenem Kopfputze und langen, offenen Haaren; gewöhnlich wenn ich vorüberfahre, legt sie die Finger an den Mund, als pfiffe sie einem Mannsvolk; aber gegenwärtig liegt sie nicht im Fenster.«

Ein langgezogener Ruf schnitt durch die Lüfte, gerade über die Barke hin: »Sweine-und!« scholl es vernehmlich vom Ufer her.

Der aufgebrachte Bläuling schlug sein Ruder ins Wasser, daß zischend und spritzend ein breiter Strahl an der Seite des Fahrzeuges emporschoß.

»So wird man«, zürnte er, »seit den paar Tagen, daß der Wertmüller wieder hier ist, überall auf dem See mit Namen gerufen. Es ist der verreckte Schwarze, der mit dem Sprachrohre des Generals rumort und spektakelt. Vergangenen Sonntag im Löwen zu Meilen schenkten sie ihm ein und soffen ihn unter den Tisch. Dann brachten sie ihn nachts in meinem Schiffe dem Wertmüller zurück. Nun schimpft der Kaminfeger durch das Rohr nach Meilen hinüber, aber morgen, beim

Eid, sitzt er wieder unter uns im Löwen. – Nun frage ich: woher hat der Mohr das fremde Wort? Hier sagt man sich auch wüst, aber nicht so.«

»Der General wird ihn so schelten«, bemerkte Pfannenstiel kleinlaut.

»So ist es, Herr«, stimmte der Bursche ein. »Der Wertmüller bringt die hochdeutschen, fremdländischen Wörter ins Land, der Staatsverräter! Aber ich lasse mir auf dem See nicht so sagen, beim Eid nicht.«

Bläuling wandte ohne weiteres seine Barke und gewann mit eiligen, kräftigen Ruderzügen wieder die Seemitte.

»Was ficht Euch an, guter Freund? Ich beschwöre Euch«, eiferte Pfannenstiel. »Hinüber muß ich! Nehmt doppelte Löhnung!«

Doch das Silber verlor seine Kraft gegen die patriotische Entrüstung, und der Kandidat mußte sich auf das Bitten und Flehen legen. Mit Mühe erlangte er von dem beleidigten Bläuling, daß ihn dieser, »weil Ihr es seid«, sagte der Bursche, außerhalb der Tragweite des Sprachrohres um die ganze Halbinsel herum in ihre südliche Bucht beförderte. Dort ließ er den Kandidaten ans Ufer steigen und ruderte nach wenigen Minuten den sich rasch verkleinernden Nachen wieder mitten in der Bläue.

Drittes Kapitel

So wurde Pfannenstiel wie ein Geächteter unter den Eichen der Halbinsel ausgesetzt. Ein enger Pfad vertiefte sich in das Halbdunkel, und er zögerte nicht, ihn zu betreten. Mit Diebesschritten eilte er durch das unter seinen Sohlen raschelnde Laub einer nahen Lichtung zu. Das einem bösen Traume verwandte Gefühl, den fremden Besitz auf so ungewöhnlichem Wege zu betreten, gab ihm Flügel, doch begann auch das Element des Abenteuerlichen, das in jedem Menschenherzen schlummert, seinen geheimen Reiz auf ihn auszuüben. So wirft sich ein Badender in die Flut, die er zuerst leise schauernd mit der Zehe geprüft hat.

Die bald erreichte Lichtung war nur eine beschränkte, von oben wie durch eine Kuppelöffnung erhellte Moosstelle. Ein darauf spielendes Eichhorn setzte über den Kopf des Kandidaten weg auf einen niederhangenden Zweig, der erst ins Schwanken geriet, als das schnelle Tierchen schon einen zweiten erreicht hatte.

Wieder führte der Pfad eine Weile durch das grüne Dunkel, bis er sich plötzlich wandte und der Kandidat das Landhaus in der Entfernung von wenigen Schritten vor sich erblickte.

Diese Schritte aber tat er sehr langsam. Er gehörte zu jenen schüchternen Leuten, für welche das Auftreten und das Abgehen mit Schwierigkeiten verbunden ist, und der General stand im Rufe, seinen Gästen nur dieses, nicht aber jenes zu erleichtern. So kam es, daß er hinter der äußersten Eiche, einem gewaltigen Stamme, unschlüssig stehenblieb. Was er indessen aus seinem Verstecke hervor erlauschte, war ein idyllisches Bild, das ihn in keiner Weise hätte einschüchtern können.

Der General plauderte in der hallenartig gebauten und zur jetzigen Herbstzeit nur allzu luftigen Veranda, deren sechs hohe Säulen ein prächtiges ausländisches Weinlaub umwand, gemütlich mit seinem Nachbar, dem Krachhalder, einem der Kirchenältesten von Mythikon, die der Kandidat während seines Vikariats allsonntäglich im Chore hatte sitzen sehen und die ihm bekannt waren wie die zwölf Apostel. Mit aufgestützten Ellenbogen ritt Wertmüller auf einem leichten Sessel und zeigte seine scharfe Habichtsnase und das stechende Kinn im Profil, während der schöne, alte, schlaue Kopf des Krachhalders einen ungemein milden Ausdruck hatte.

»Wir sind wie die Blume des Feldes«, führte der Alte in erbaulicher Weise das Gespräch, »und es trifft sich, Herr Wertmüller, daß wir beide in diesen Tagen unser Haus bestellen. Ich mache Euch kein Geheimnis daraus: Drei Pfund vergabe ich zur neuen Beschindelung unserer Kirchturmspitze.«

»Ich will mich auch nicht als Lump erweisen«, versetzte der General, »und werfe testamentarisch ebensoviel aus zur Vergoldung unsers Gockels, daß sich das Tier nicht schämen muß, auf der neubeschindelten Spitze zu sitzen.«

Der Krachhalder schlurfte bedächtig aus dem vor ihm stehenden Glase, dann sprach er: »Ihr seid kein kirchlicher Mann, aber Ihr seid ein gemeinnütziger Mann. Erfahret: Die Gemeinde erwartet etwas von Euch.«

»Und was erwartet die Gemeinde von mir?« fragte der General neugierig.

»Wollt Ihr es wissen? Und werdet Ihr es nicht zürnen?«

»Durchaus nicht.«

Der Krachhalder machte eine zweite Pause. »Vielleicht ist Euch eine andere Stunde gelegener«, sagte er.

»Es gibt keine andere Stunde als die gegenwärtige. Benützt sie!«

»Ihr würdet Euch ein schönes Andenken stiften, Herr General, bei Kind und Kindeskind...«

»Ich unterschätze den Nachruhm nicht«, sagte der General.

Dem Krachhalder, der den wunderlichen Herrn so aufgeräumt sah, schien der günstige Augenblick gekommen, dem lange genährten Wunsche der Mythikoner in vorsichtigen Worten Gestalt zu geben.

»Euer Forst im Wolfgang, Herr Wertmüller«, begann er zögernd. Der General verfinsterte sich plötzlich, und der alte Bauer sah es wie eine Donnerwolke aufsteigen, »stößt seine Spitze...«

»Wohin stößt er seine Spitze?« fragte Wertmüller grimmig.

Der Krachhalder überlegte, ob er vor- oder rückwärts wolle, ungefähr wie ein mitten auf dem See vom Sturm Überraschter. Er entschied sich für das Vorrücken. »... mitten durch unsere Gemeindewaldung...«

Jetzt sprang der General mit einem Satze von seinem Sessel auf, faßte ihn an einem Bein, schwang ihn durch die Lüfte und setzte sich in Fechtposition.

»Wollen mich die Mythikoner plündern?" schrie er wütend, »bin ich unter die Räuber gefallen?« Dann fuhr er, seine hölzerne Waffe senkend, gelassener fort: »Daraus wird nichts, Krachhalder. Redet das den Leuten aus. Ich will Euch nicht noch von jenseits des Grabes eine Nase drehen!«

»Nichts für ungut«, versetzte der Alte mit Ruhe, »Ihr werdet es bedenken, Herr Wertmüller.«

Auch er hatte sich erhoben und nahm von dem Generale mit einem treuherzigen Händedruck den landesüblichen Abschied.

Wertmüller geleitete ihn ein paar Schritte, dann wandte er sich, und vor ihm stand sein Leibmohr Hassan. Der Schwarze machte eine flehentliche Gebärde und bat, das Deutsche wunderlich radbrechend, um einen Urlaub für morgen nachmittag; denn seine Seele zog ihn zu seinen neuen Freunden in Meilen.

»Bist du ganz des Teufels, Hassan!« schalt ihn der General. »Sie haben dir letzten Sonntag drüben arg genug mitgespielt.«

»Mitgespielt!« wiederholte der Mohr, der das Wort mißverstand. »Schön, wundervoll Spiel!«

»Hast du denn gar kein Ehrgefühl? Die Berührung mit der Zivilisation richtet dich zugrunde – du säufst wie ein Christ!«

»Nicht saufen, Gnaden! Schön Spiel, einzig Spiel! J-aß!« Er riß eine solche Grimasse und verdrehte die Augen mit so leidenschaftlicher Inbrunst, daß Pfannenstiel, der, wie oft die unschuldigen Menschen, viel Sinn für das Komische und überdies jetzt etwas gespannte Nerven hatte, in ein vernehmliches Gekicher ausbrach, welches er mit aller Gewalt nicht unterdrücken konnte.

Seine Gegenwart verraten sehend, trat der Kandidat, da er nicht wie eine überraschte Dryade in die Eiche hineinschlüpfen konnte, verschämt hinter derselben hervor und näherte sich dem General mit wiederholten verlegenen Bücklingen.

»Was will denn Er hier?« fragte dieser gedehnt und maß ihn vom Wirbel bis zur Zehe: »Wer ist Er?«

»Ich bin der Vetter ... des Vetters ... vom Vetter...« stotterte der Angeredete.

Der General runzelte die Stirne.

»Mein Vater war ein Pfannenstiel und meine Mutter ist eine selige Kollenbutz...«

»Will Er mir seinen ganzen verfluchten Stammbaum explizieren? Was Vetter? Mein Bruder ist Er – alle Menschen sind Brüder! Scher Er sich zum Teufel!« und Wertmüller wandte ihm den Rücken.

Pfannenstiel regte sich nicht. Der Empfang des Generals hatte ihn versteinert.

»Fannen-stiel –«, buchstabierte der Schwarze das ihm noch unbekannte Wort, als wolle er seinen deutschen Sprachschatz bereichern.

»Pfannenstiel?« wiederholte auch der aufmerksam werdende General, »der Name ist mir bekannt – halt, Er ist doch nicht der Autor«, und er kehrte sich dem Jüngling wieder zu, »der mir gestern seine Dissertation über die Symbolik der Odyssee zugesendet hat?«

Pfannenstiel neigte bejahend das Haupt.

»Dann ist Er ja ein ganz liebenswürdiger Mensch!« sagte Wertmüller und ergriff ihn freundlich bei der Hand. »Wir müssen uns kennenlernen.«

Viertes Kapitel

Er trat mit dem Gaste in die Veranda, drückte ihn auf einen Sitz nieder, goß ihm eines der auf dem Schenktische stehenden Gläser voll und ließ ihn sich erholen und erquicken.

»Der Empfang war militärisch«, tröstete er ihn dann, »aber Ihr werdet im Soldaten keinen unebenen Hauswirt finden. Ihr nächtigt heute auf der Au – ohne Widerrede! – Wir haben manches zu verhandeln. – Seht, Lieber, Eure Abhandlung hat mich ganz angenehm unterhalten«, und Wertmüller langte nach dem Buche, welches in einer Fensternische des die Rückwand der Veranda bildenden Erdgeschosses lag und zwischen dessen Blätter er die zerlesene Dissertation des Kandidaten eingelegt hatte.

»Zuerst eine Vorfrage. Warum habt Ihr mir Euer Werk nur mit einer Zeile zugeschrieben, statt mir es coram populo auf dem ersten weißen Blatte mit aufrichtigen, großen Druckbuchstaben zu dedizieren? Weil ich mit den Faffen, Euern Kollegen, gespannt bin, he? Ihr habt keinen Charakter, Pfannenstiel; ihr seid ein schwacher Mensch.«

Der Kandidat entschuldigte sich, seine unbedeutende Arbeit habe den Namen des berühmten Feldherrn und Literaturkenners nicht vor sich her tragen dürfen.

»Durchaus nicht unbedeutend«, lobte Wertmüller. »Ihr habt Phantasie und seid in die purpurnen Tiefen meines Lieblingsgedichtes untergetaucht, wie nicht leicht ein anderer. Freilich um etwas Absurdes zu beweisen. Aber es ist einmal nicht anders: wir Menschen verwenden unsere höchsten Kräfte zu albernen Resultaten. Dachtet Ihr daran, mich rechtzeitig zu Rate zu ziehen, ich gab Eurer Dissertation eine Wendung, die Euch selber, Eure fäffischen Examinatoren, das ganze Publikum in Erstaunen gesetzt hätte. Ihr habt es gefühlt, Pfannenstiel, daß die zweite Hälfte der Odyssee von besonderer Schönheit und Größe ist. Wie? Der Heimgekehrte wird als ein fahrender Bettler an seinem eigenen Herde mißhandelt. Wie? Die Freier reden sich ein, er kehre niemals wieder, und ahnen doch seine Gegenwart. Sie lachen und ihre Gesichter verzerrt schon der Todeskampf – das ist Poesie. – Aber Ihr habt recht, Pfannenstiel, was nützt mir die Poesie, wenn nicht eine Moral dahintersteckt? Es ist eine Devise in das Zuckerwerk hineingebacken – zerbrechen wir es! Da der Odysseus nicht bloß den Odysseus bedeuten darf, wen oder was bedeutet er denn? Unsern Herrn und Heiland – so beweist Ihr und habt Ihr es drucken lassen –, wenn er kommt zu richten Lebendige und Tote. Nein, Kandidat, Odysseus bedeutet jede in Knechtesgestalt mißhandelte Wahrheit mitten unter den übermütigen Freiern, will sagen, Faffen, denen sie einst in sieghafter Gestalt das Herz durchbohren wird.

He, Kandidat, wie gefällt Euch das? – So hättet Ihr es wenden sollen, und seid gewiß, Eure Dissertation hätte gerechtes Aufsehen erregt!«

Pfannenstiel erbebte bei dem Gedanken, daß sich seiner Symbolik diese gotteslästerliche und verwegene Wendung hätte geben lassen. Sein einfaches Wesen ließ ihn den Pferdefuß des alten Spötters nicht oder doch nur in unbestimmten Umrissen erkennen.

Um sich der Verlegenheit zu entziehen, dem alten Freigeiste eine Antwort geben zu müssen, nahm der Kandidat den Pergamentband in die Hände, mit welchem Wertmüller während seiner Rede gestikuliert hatte. Es war die aldinische Ausgabe der Odyssee. Pfannenstiel betrachtete andächtig das Titelblatt des seltenen Buches. Plötzlich fuhr er zurück wie vor einer züngelnden Natter. Er hatte auf dem freien Raume links neben dem Wappen des venezianischen Buchhändlers etwas verblichene, kühnfließende Federzüge entdeckt, die folgende Zeilen bildeten:

Georgius Jenatius me jure possidet
Constat R. 4. Kz. 12.

Er warf das Buch weg, als atme es einen Blutgeruch aus.

Damals moderte der fragwürdige Bündner schon seit Dezennien in der Domkirche von Chur, während sein Bild in zahmen und unpatriotischen Zeiten sich zu einem widerwärtigen verzerrt hatte, so daß nur der Apostat und der Blutmensch übrigblieb. Pfannenstiel betrachtete ihn einfach als ein Ungeheuer, an dessen Dagewesensein er kaum glauben, das er sich nicht realisieren konnte.

Der General weidete sich an seinem Schrecken, dann sagte er leichthin: »Der liebe Mann, Euer gewesener Kollege, hat mich damit beschenkt, wie wir noch auf gutem Fuße standen und ich ihn auf seinem Malepartus in Davos besuchte.«

»Also hat er doch gelebt!« sprach der Kandidat halblaut vor sich hin, »er hat Bücher besessen, wie unsereiner, und ihren kostenden Preis auf das Titelblatt geschrieben.«

»Ja wohl hat er gelebt, und recht persönlich und zähe«, sagte der General mit kurzem Lachen. »Noch heute nacht träumte mir von dem Bündner ... Das kam daher, daß ich mich den ganzen gestrigen Tag mit einem häßlichen Geschäfte abgegeben hatte. Ich schrieb mein Testament nieder, und was ist kläglicher, als bei atmendem Leibe über seinen Besitz zu verfügen, der ja auch ein Teil von uns selber ist!«

Die Neugierde des jungen Geistlichen wurde rege. Vielleicht war es ein warnendes Traumgesicht gewesen, das, fein und erbaulich ausgelegt, in dem ihm gegenüber Sitzenden einen guten und frommen Gedanken konnte entstehen lassen. »Wollt Ihr mir Euern Traum nicht mitteilen?« fragte er mit einem gefühlvollen Blicke.

»Er steht zu Diensten. Es war in Chur. Menschengedränge, Staatsperücken, Militärpersonen – von der Hofkirche her Geläute und Salutschüsse. Wir treten unter dem Torbogen hervor in den bischöflichen Hof. Jetzt gehen wir zu zweien, neben mir ein Koloß. Ich sehe nur einen Federhut, darunter eine Gewaltsnase und den in den Kragen gesenkten pechschwarzen Spitzbart: ›Wertmüller‹, fragte der Große, ›wen bestatten wir?‹ – ›Ich weiß nicht‹ sage ich. Wir treten in die Kathedrale zwischen das Gestühl des Schiffes. ›Wertmüller‹, fragt der andere, ›wem singen sie ein Requiem?‹ – ›Ich weiß nicht‹ sag ich ungeduldig. ›Kleiner Wertmüller‹, sagt er, ›stell dich einmal auf die Zehen und sieh, wer da vorn aufgebahrt liegt.‹ – Jetzt unterscheide ich deutlich in den Ecken des Bahrtuches den Namenszug und das Wappen des Jenatschen, und im gleichen Augenblicke wendet er, neben mir stehend, mir das Gesicht zu – fahl mit verglühten Augen. ›Donnerwetter, Oberst‹, sag ich, ›Ihr liegt dort vorn unter dem Tuche mit Euern sieben Todeswunden und führt hier einen Diskurs mit mir! Seid Ihr doppelt? Ist das vernünftig? Ist das logisch? Schert Euch in die Hölle, Schäker!‹ Da antwortete er niedergeschlagen: ›Du hast mir nichts vorzurücken – mach dich nicht mausig. Auch du, Wertmüller, bist tot.‹«

Pfannenstiel überlief es kalt. Dieser Traum am Vorabende des ohne Zweifel blutigen Feldzuges, welcher dem General draußen im Reiche bevorstand, schien ihm von ernster Vorbedeutung, und er sann auf ein Wort geistlicher Zusprache.

Auch Wertmüller konnte seinen Traum, nachdem er ihn einmal mitgeteilt, nicht sogleich wieder loswerden. »Der Oberst wurde von seinem Liebchen mit der Axt wie ein Stier niedergeschlagen«, erging er sich in lauten Gedanken, »mir wird es so gut nicht werden. Fallen – wohlan! Aber nicht in einem Bettwinkel krepieren!«

Vielleicht dachte er an Gift, denn er war am Hofe zu Wien in ein hartnäckiges Intrigenspiel verwickelt und hatte sich dort durch seinen Ehrgeiz Todfeinde gemacht.

»Ehe ich meinen Koffer packe«, fuhr er nach einer Pause fort, »möchte ich wohl noch einen Menschen glücklich machen –«

Dem Kandidaten schoß das Wasser in die Augen, nicht in selbstsüchtigen Gedanken, sondern in uneigennütziger Freude über diese schöne Regung; doch es trocknete schnell, als der General seinen Satz abschloß: »- besonders wenn sich ein kräftiger Schabernack damit verbinden ließe.«

Das abergläubische Gefühl, das den General angewandelt hatte, war rasch vorübergegangen. »Was ist Euer Anliegen?« fragte er seinen Gast mit einer jener brüsken Wendungen, die ihm geläufig waren. »Ihr seid nicht hierhergekommen, um Euch meine Träume erzählen zu lassen.«

Nun berichtete Pfannenstiel dem Generale mit einer unschuldigen List, denn er wollte ihm seine Liebesverzweiflung, für die er ihm kein Organ zutraute, nicht verraten, wie ihn über dem Studium der Odyssee ein unwiderstehliches Verlangen ergriffen, die Heimat Homers, die goldene Hellas kennenzulernen. Da er keinen andern Weg wisse, seine Wanderlust zu befriedigen, sei ihm der Gedanke gekommen, sich bei dem Herrn für die Feldkaplanei seiner venezianischen Kompanie zu melden, die ja in den griechischen Besitzungen der Republik stationiere. »Sie ist erledigt«, schloß er, »und wenn Ihr mir ein weniges gewogen seid, weiset Ihr mir die Stelle zu.«

Wertmüller blickte ihn scharf an. »Ich bin der letzte«, sagte er, »der einem jungen Menschen eine gefährliche Karriere widerriete! Aber er muß dazu qualifiziert sein. Euer Knochengerüste, Freund, ist nicht fest genug gezimmert. Der erste beste relegierte Raufbold von Leipzig oder Jena wird meinen Kerlen mehr imponieren als Euer Johannesgesicht. Schlagt Euch das aus dem Kopfe. Wollt Ihr den Süden sehen, so sucht als Hofmeister Dienste bei einem jungen Kavalier und klopft ihm die Kleider! Doch auch das kann Euch nicht taugen. Das beste ist, Ihr bleibt zu Hause. Blickt aus! Zählt alle die Turmspitzen am See – das Kanaan der Pfarrer. Hier ist Euer Rhodus, hier tanzt – will sagen predigt! – Wozu sind die Geleise bürgerlicher Berufsarten da, als daß Euresgleichen sie befahre? Ihr wißt nicht, welcher Schenkelschluß dazu gehört, um das Leben souverän zu traktieren. Steht ab von Eurer Laune!«, und er machte die Gebärde, als griffe er einem Rosse in die Zügel, das mit einem unvorsichtigen Knaben durchgegangen ist.

Es entstand eine Pause. Wieder warf der General dem Kandidaten einen beobachtenden Blick zu.

»Ihr seid ein lauterer Mensch«, sagte er dann, »und es war Euer Ernst, Ihr würdet das griechische Abenteuer bestanden haben. Wie reimt sich das mit dem Pfannenstiel, den ich hier vor mir sehe? Da liegt ein Aal unter dem Steine. Ein verrückter Antiquar, wie sie zwischen den Ruinen herumkriechen, seid Ihr nicht. Also seid Ihr desperat. Aber warum seid Ihr desperat? Was treibt Euch weg? Heraus damit! Eine Figur? He? Ihr errötet!«

Der sechzigjährige Wertmüller behandelte die weiblichen Wesen als Staffage und pflegte sie schlechtweg mit dem Malerausdrucke »Figuren« zu benennen.

»Wo habt Ihr zuletzt konditioniert?«

»In Mythikon bei Euerm Herrn Vetter während seiner Gichtanfälle.«

»Bei meinem Vetter? Will sagen bei der Rahel. Nun ist alles klar und deutlich wie mein neuverfaßtes Exerzierreglement. Das Mädchen hat Euch den Kopf verrückt und dann, wie recht und billig, einen Korb gegeben?«

Der zartfühlende Kandidat hätte sich eher das Herz aus dem Leibe reißen lassen, als eingestanden, daß die Rahel – wie er daran nicht zweifeln konnte – ihm herzlich wohlwolle. Er antwortete bescheiden:

»Der Herr Wertmüller, sonst mein Gönner, hat mich verabschiedet, weil ich mit Schießgewehr nicht umzugehen verstehe und mich auch davor scheue. Vor zwanzig Jahren ist damit in meiner Familie ein Unglück begegnet. Er nötigte mich, mit ihm in die Scheibe zu schießen, und ich habe keinen Schuß hineingebracht.«

»Ihr hättet Euch weigern sollen. Das hat Euch in Rahels Augen heruntergesetzt. Sie trifft immer ins Schwarze. Donnerwetter, da fällt mir ein, daß ich dem Alten noch etwas schuldig bin. Der geistliche Herr hat mir, während ich am Rheine bataillierte, meine Meute hier ganz meisterhaft beaufsichtigt. Er ist ein Kenner. Hassan, hol mir gleich das violette Saffianfutteral her, links zuunterst im Glasschranke der Waffenkammer. – Laßt Euch nicht stören, Kandidat.« Der Mohr beeilte sich, und nach wenigen Augenblicken hielt Wertmüller zwei kleine Pistolen von zierlicher Arbeit in der Hand. Er reinigte mit einem Lederlappen die damaszierten Läufe und den Silberbeschlag der Kolben, in welchen hübsche seltsame Arabesken eingegraben waren.

»Fortgefahren, Freund, in Eurer Elegie!« sagte er. »Das Mädchen also gab Euch einen Korb – oder ist es möglich, liebt sie Euch? Es gibt wunderliche Naturspiele! – und nur der Alte hätte Euch abblitzen lassen, he? Was gab er Euch für Gründe?«

Pfannenstiel blieb erst die Antwort schuldig. Ihm war ängstlich zumute geworden, denn der General hatte, während er sprach, den Hahn der einen Pistole gespannt. Jetzt berührte Wertmüller den Drücker mit ganz leisem Finger, und der Hahn schlug nieder. Er spannte die zweite, streckte den Arm aus, schnitt eine Grimasse; nur nach harter Anstrengung gelang es ihm loszudrücken. Das Spiel der Feder mußte sich aus irgendeinem Grunde verhärtet haben, und er schüttelte unzufrieden den Kopf.

Der Kandidat, der stark mit den Augen gezwinkert hatte, nahm jetzt den Faden des Gesprächs wieder auf, um den wahren Grund seiner Hoffnungslosigkeit anzudeuten. »Eine Wertmüllerin und ein Pfannenstiel!« sagte er in einem resignierten Tone, als nenne er Sonne und Mond und finde es ganz natürlich, daß dieselben nicht zusammenkommen.

»Laß Er mich mit diesen Narreteien zufrieden!« fuhr ihn der General hart an. »Sind wir noch nicht über die Kreuzzüge hinaus, in welcher geistreichen Epoche die Wappen erfunden wurden? Aber auch damals, wie überhaupt jederzeit, galt der Mann mehr als der Name, sonst wäre die Welt längst vermodert wie ein wurmstichiger Apfel. Seh Er, Pfannenstiel, ich gelte hier für einen Patricius; als ich aber in kaiserliche Dienste trat, wie blickten die Herren Kollegen von soundso viel Quartieren hochnasig auf das plebejische Mühlrad in meinem Wappen herunter. Dennoch mußten sie es eben leiden, daß der Müller die von ihnen mehr als zur Hälfte ruinierte Kampagne wiederherstellte und gewann! Hör Er, Pfannenstiel, es fehlt Ihm an Selbstgefühl, und das schadet Ihm bei der Rahel.«

Der Kandidat befand sich in einem seltsamen Falle. Er konnte den Standpunkt Wertmüllers nicht teilen, denn er fühlte dunkel, daß eine so vollständige Vorurteilslosigkeit die ganze alte Ordnung der Dinge durchstieß, und diese war ihm ehrwürdig, auch da, wo sie zu seinen Ungunsten wirkte.

Aber Wertmüller verlangte keine Antwort. Er hatte sich erhoben und trat, in jeder Hand eine Pistole, einem hochgewachsenen Mädchen entgegen, das auf dem vom festen Lande her ausmündenden Wege einherkam. Der General hatte den Kies unter ihren leichten, raschen Schritten knirschen hören.

»Guten Abend, Patchen«, begrüßte er sie, und seine grauen Augen leuchteten.

Das schöne Fräulein aber zog die Brauen zusammen, bis der Alte die beiden Pistolen, die ihr offenbar ein Ärgernis waren, die eine in die rechte, die andere in die linke seiner geräumigen Rocktaschen steckte. »Ich habe Besuch, Rahel«, sagte er. »Erlaube mir, meinen jungen Freund dir vorzustellen, den Herrn Kandidaten Pfannenstiel.«

Die Wertmüllerin war näher getreten, während sich Pfannenstiel linkisch von seinem Stuhle erhob. Sie bekämpfte ein Erröten, das aber sieghaft bis in die feine Stirn und bis unter die Wurzeln ihres vollen braunen Haares aufflammte. Der Kandidat schlug erst die Augen nieder, als hätte er mit ihnen ein Bündnis geschlossen, keine Jungfrau anzuschauen, erhob sie dann aber mit einem so innigen und strahlenden Ausdrucke des Glückes und der Liebe, und seine guten Blicke fanden in zwei braunen Augen einen so warmen Empfang, daß selbst der alte Spötter seine Freude hatte an der ungeschminkten Neigung zweier unschuldiger Menschenkinder.

Er vermehrte seltsamerweise die erste süße Verwirrung der beiden mit keinem Scherzworte. Ist es nicht, als ob ein tiefes und wahres Gefühl in seinem natürlichen und bescheidenen Ausdrucke aus dieser Welt des Zwanges und der Maske uns in eine zugleich größere und einfachere versetze, wo der Spott keine Stelle findet?

Lange freilich hätte er sie nicht ungeneckt gelassen, aber das gescheite und tapfere Mädchen enthob ihn der Versuchung. »Ich habe mit Euch zu reden, Pate«, sagte sie, »und gehe voran nach der zweiten Bank am See. Laßt mich nicht zu lange warten!«

Sie verbeugte sich leicht gegen den Kandidaten und war verschwunden.

Der General nahm diesen bei der Hand und führte ihn eine Treppe hinauf in sein Bibliothekzimmer, in das die Seebreite durch drei hohe Bogenfenster hereinleuchtete.

»Seid getrost«, sagte er, »ich werde bei der Rahel für Euch Partei nehmen. Unterdessen wird es Euch hier an Unterhaltung nicht mangeln. Ihr liebt Bücher! Hier findet Ihr die Poeten des Jahrhunderts tutti quanti.« Er zeigte auf einen Glasschrank und verließ den Saal. Da standen sie in glänzenden Reihen, die Franzosen, die Italiener, die Spanier, selbst einige Engländer, ein gehäufter Schatz von Geist, Phantasie und Wohllaut, und Wertmüller, der ohne Frage auf der Höhe der Zeitbildung stand, würde ungläubig den Kopf geschüttelt haben, wenn ihm zugeflüstert worden wäre, *einer* fehle hier, der sie alle insgesamt voll aufwiege.

Der überall Belesene hatte William Shakespeare nicht einmal nennen hören.

Der Kandidat ließ die Poeten unberührt, denn für ein junges Blut ist die Nähe der Geliebten mehr als alle neun Musen.

Fünftes Kapitel

Der General hatte einen Pfad eingeschlagen, der sich dicht am Ufer um die Krümmungen der Halbinsel schlängelte, und hier erblickte er bald Rahel Wertmüller, die, auf einer verwitterten Steinbank sitzend, das feine Profil nach der jetzt abendlich dämmernden Flut hinwendete. Ein aufrichtiger Ausdruck tiefer Betrübnis lag auf dem hübschen und entschlossenen Gesichtchen.

»Was dichtest und trachtest du?« redete er sie an.

Sie antwortete, ohne sich zu erheben: »Ich bin nicht mit Euch zufrieden, Pate.«

Der General lehnte sich an den Stamm einer Eiche und kreuzte die Arme. »Womit habe ich es bei Euer Wohlgeboren verscherzt?« sagte er.

Das Fräulein warf ihm einen Blick des Vorwurfs zu. »Ihr fragt noch, Pate? Wahrlich, Ihr handelt an Papa nicht gut, der Euch doch nur Liebes und nichts zuleide getan hat. – Was war das wieder für ein Spektakel vergangenen Sonntag! Durch Eure Verleitung hat er den ganzen Nachmittag mit Euch auf Euerm Au-Teiche herumgeknallt. Welch ein Schauspiel! Aufflatternde verwundete Enten, im Moor nach der Beute watende Jungen, der Vater in großen Stiefeln und das ganze Dorf als Zuschauer!...«

»Es beurteilte die Schüsse«, warf Wertmüller ein.

»Pate« – das Mädchen war von seinem Sitze aufgesprungen, und seine schlanke Gestalt bebte vor Unwillen – »ich meinte bisher, Ihr hättet – trotz mancher Wunderlichkeit – das Herz am rechten Flecke. Aber ich habe mich geirrt und fange an zu glauben, hier sei bei Euch etwas nicht in Ordnung!«, und sie wies mit einer kleinen Gebärde des Zeigefingers nach der linken Brustseite des Generals. »Ich hielt Euch«, fügte sie freundlicher hinzu, »für eine Art Rübezahl ... so heißt doch der Geist des Riesengebirges, von dessen Koboldstreichen Ihr so lustig zu erzählen wißt?...«

»Dem es zuweilen Spaß macht, Gutes zu tun, und der, wenn er Gutes tut, dabei sich einen Spaß macht.«

»So ungefähr. Doch, wie gesagt, wenn Ihr ebenso boshaft seid wie der Berggeist – von Wohltat ist dabei nichts sichtbar. Ihr werdet den Vater noch ins Verderben stoßen. Wären unsere Mythikoner im Grund nicht so gute Leute, die ihren Pfarrer decken, wo sie können, längst wäre in Zürich gegen ihn Klage erhoben worden. Und mit Recht; denn ein Geistlicher, der wachend und träumend keinen andern Gedanken mehr hat als Halali und Halalo, muß jeder christlichen Seele ein tägliches Ärgernis sein. Das wächst mit den Jahren. Neulich da der Herr Dekan seinen Besuch meldete und zur selben Zeit der Bote eine in der Stadt angekaufte Jagdflinte dem Vater zutrug, mußte ich ihm dieselbe unkindlich entwinden und in meinen Kleiderschrank verschließen, sonst hätte er noch – ein schrecklicher Gedanke – den ehrwürdigen Herrn Steinfels aufs Korn genommen. Ihr lacht, Pate? – Ihr seid abscheulich! – Ich könnte Euch darum hassen, daß Ihr, der seine Schwäche kennt, ihn noch stachelt und aufreizt, als wäret Ihr sein böser Engel. – Nächstens wird er noch einmal mit geladenem Gewehr die Kanzel besteigen! ... Ich freute mich, da Ihr kamet, und nun frage ich: Reist Ihr bald, Pate?«

»Mit geladenem Gewehr die Kanzel besteigen?« wiederholte Wertmüller, den dieser Gedanke zu frappieren schien. »La, la, Patchen! Der Vater ist mir der erträglichste aller Schwarzröcke und du bist mir die liebste aller Figuren. Ich will dem Alten eine Genugtuung geben. Weißt du was? ich gehe morgen bei Euch zur Kirche – das rehabilitiert den Vater zu Stadt und Lande.«

Rahel schien von dieser Aussicht wenig erbaut. »Pate«, sagte sie, »Ihr habt mich aus der Taufe gehoben und das Gelübde getan, auf mein zeitliches und ewiges Heil bedacht zu sein. Für das letztere könnet Ihr nichts tun, denn es steht in diesem Punkte bei Euch selbst sehr windig. Aber ist das ein Grund, auch mein zeitliches zu ruinieren? Ihr solltet, scheint mir, im Gegenteil darauf denken, mich wenigstens auf dieser Erde glücklich zu machen – und Ihr macht mich unglücklich!« Sie zerdrückte eine Träne.

– »Vortrefflich räsoniert«, sagte der General. »Patchen, ich bin der Berggeist und du hast drei Wünsche bei mir zu gut.«

»Nun«, versetzte das Fräulein, auf den Scherz eingehend. »Erstens: Heilt den Vater von seiner ungeistlichen Jagdlust!«

– »Unmöglich. Sie steckt im Blute. Er ist ein Wertmüller. Aber ich kann seiner Leidenschaft eine unschädliche Bahn geben. Zweitens?«

»Zweitens...« Rahel zögerte.

»Laß mich an deiner Stelle reden, Mädchen. Zweitens: Gebt dem Hauptmann Leo Kilchsperger Urlaub zu Werbung, Verlöbnis und Heirat.«

– »Nein!« versetzte Rahel lebhaft.

– »Er ist ein perfekter Kavalier.«

– »Einem perfekten Kavalier hängt manches um und an, worauf ich Verzicht leiste, Pate.«

– »Ein beschränkter Standpunkt.«

– »Ich halte ihn fest, Pate.«

– »Meinetwegen. – Also ein anderes Zweites. Zweitens: Berggeist, verschaffe dem Kandidaten Pfannenstiel die von ihm begehrte Feldkaplanei in venezianischen Diensten.«

– »Nimmermehr!« rief die Wertmüllerin. »Was? der Unglückliche begehrt die Feldkaplanei unter Euerm venezianischen Gesindel? Der zarte und gute Mensch? *Darum* ist er zu Euch gekommen?«

Der General bejahte. »Ich rede es ihm nicht aus.«

– »Redet es ihm aus, Pate. Grassiert nicht Pest und Fieber in Morea?«

– »Zuweilen.«

– »Liest man nicht von häufigen Schiffbrüchen im Adriatischen Meere?«

– »Hin und wieder.«

– »Ist die Gesellschaft in Venedig nicht ganz entsetzlich schlecht?«

– »Die gute ist dort wie allenthalben und die schlechte ganz vortrefflich.«

– »Pate, er darf nicht hin, um keinen Preis!«

– »Gut. Also ein anderes Zweites verbunden mit dem Dritten: Berggeist, mache den Kandidaten Pfannenstiel zum wohlbestellten Pfarrer von Mythikon und gib mich ihm zur Frau!«

Rahel wurde feuerrot. »Ja, Berggeist«, sagte sie tapfer.

Diese resolute Antwort gefiel dem General aus der Maßen.

»Er ist eine reinliche Natur«, lobte er, »aber ihm fehlt die Männlichkeit, welche die Figuren unwiderstehlich hinreißt –«

– »Bah«, machte sie leichthin und fuhr entschlossen fort: »Pate, Ihr habt ein Dutzend Feldschlachten gewonnen, Ihr verderbt Euern listigsten Feinden in der Hofburg das Spiel, Ihr seid ein berühmter und welterfahrner Mann – wendet ein Hundertteilchen Eures Geistes daran, mich – was sage ich – uns glücklich zu machen, und wir werden es Euch zeitlebens Dank wissen.«

Der General ließ sich auf die leere Steinbank nieder und legte in tiefem Nachdenken die Hände auf die Knie, wie eine ägyptische Gottheit. So berührte er die beiden Pistolen in seinen Taschen; es blitzte in seinen scharfen grauen Augen plötzlich auf, und er brach in ein unbändiges Gelächter aus, wie er seit Dezennien nicht mehr gelacht hatte, in ein wahres Schulbubengelächter. Da er zugleich aufgesprungen war, rasch dem Innern der Halbinsel sich zukehrend, wiederholte ein Echo diesen Ausbruch ausgelassener Lustigkeit in so geisterhafter und grotesker Weise, daß es war, als hielten sich alle Faune und Panisken der Au die Bäuchlein über einen tollen und gottvergessenen Einfall.

Der General beruhigte sich. Er schien seinen Anschlag und die Möglichkeit des Gelingens mit scharfem Verstande zu prüfen. Das Wagnis gefiel ihm. »Zähle auf mich, mein Kind«, sagte er väterlich.

– »Hört, Pate, dem Papa darf kein Leides geschehen!«

– »Lauter Gutes.«

– »Pfannenstiel darf nicht gezaust werden!«

Wertmüller zuckte die Achseln. »Der spielt eine ganz untergeordnete Rolle.«

– »Und Ihr werdet Euern Spaß dabei haben?« fragte das Mädchen gespannt, denn das Gelächter hatte sie doch etwas bedenklich gemacht.

– »Ich werde meinen Spaß dabei haben.«

– »Kann es nicht mißlingen?«

– »Der Plan ist auf die menschliche Unvernunft gegründet und somit tadellos. Aber etwas Chance gehört zu jedem Erfolg.«

– »Und mißlingt es?«

– »So bezahlt Rudolf Wertmüller die Zeche.«

Noch einmal besann sich das Mädchen recht ernstlich; aber ihre resolute Natur trug den Sieg davon. Sie hatte überdies ein unbedingtes Vertrauen zu der verwegenen Kombinationsgabe und selbst in gewissen Grenzen zu der Loyalität ihres Verwandten. Daß ein schadenfroher Streich mitlaufen werde, wußte sie – es war das eben der Kaufpreis ihres Glückes –, aber sie wußte auch, daß Wertmüller sie liebhabe und seinen Spuk darum nicht allzu weit treiben würde. Zudem lag etwas in ihrem Blute, das eine rasche, wenn auch gewagte Lösung einer nagenden Ungewißheit vorzog.

»Ans Werk, Rübezahl!« sagte sie. »Wann beginnst du dein Treiben, Berggeist?«

– »Morgen mittag bist du Braut, Kindchen. Ich verreise Montag in der Frühe.«

– »Adieu, Berggeist!« grüßte sie enteilend und warf ihm eine Kußhand zu, während er ihr nachsah und seine Freude hatte an ihrem schlanken und sichern Gange.

Sechstes Kapitel

Zu später Abendstunde saßen der General und der Kandidat an einer reichbesetzten und glänzend erleuchteten runden Tafel sich gegenüber in einem geräumigen Saale, dessen helle Stuckwände mit guten, in Öl gemalten Schlachtenbildern bedeckt waren.

Wertmüller wußte, welche Poesie das »Tischlein, deck dich!« für einen in dürftigen Verhältnissen aufgewachsenen Jüngling hat; aber auch an geistiger Bewirtung ließ er es nicht fehlen. Er erzählte von seinen Fahrten in Griechenland, er rühmte die Naturwahrheit der Landschaften und der Meerfarben in der Odyssee, er ließ die edeln und maßvollen Formen eines hellenischen Tempels vor den Augen des entzückten Kandidaten aufsteigen – kurz, er machte ihn glücklich.

Seiner davon unzertrennlichen militärischen Abenteuer gedachte er nur im Vorbeigehen, aber so drastisch, daß Pfannenstiel in der Nähe des alten Landsknechtes sich als einen herzhaften und verwegenen

Mann fühlte, während Wertmüller in der naiven Bewunderung seines Zuhörers um einige Dezennien sich verjüngte und erleichterte.

So achtete es Pfannenstiel nicht groß, als der General in der Hitze des Gespräches ihm auf den Leib rückte, von den vier breiten flachen Knöpfen, die sein Gewand zwischen den schmächtigen Schultern vorn zusammenhielten, den obersten abriß und denselben, nachdem er ihn einer kurzen Betrachtung unterworfen, in einen dunkeln Zimmerwinkel warf, dann an einem der mittlern drehte, bis dieser nur noch an einem Faden hing.

Zwischen den Birnen und dem Käse aber änderte sich die Szene. Der General hatte gegen seine Gewohnheit – er war längst ein mäßiger Mann geworden – einige Gläser feurigen Burgunders geleert, und da er, wie man zu sagen pflegt, einen grimmigen Wein trank, begann es ihn denn doch ein bißchen zu wurmen, daß die schöne und tapfere Rahel ihr Herz an einen sanftmütigen, unkriegerischen Menschen, noch dazu an einen »Faffen« verschenkt hatte, und sein Dämon nötigte ihn, den Kandidaten, den er doch leiden mochte, zu gutem Ende noch einmal unbarmherzig zu foppen.

Er befahl dem aufwartenden Hassan, Pulverhorn und Kugelbeutel zu bringen, zog die beiden Terzerole aus seinen Rocktaschen und legte sie vor sich auf die Tafel.

»Die Rahel mag Euch«, wendete er sich jetzt an den Kandidaten, »aber wollt Ihr sie zum Weibe gewinnen, müßt Ihr dem schönen Kinde einmal als ein ganzer Mann entgegentreten. Das wird ihr einen bleibenden Eindruck machen, und Ihr dürft Euch dann ruhig die eheliche Schlafmütze über die Ohren ziehen. – Mein Plan ist ganz einfach: Ich gehe morgen in Mythikon zur Kirche – erstaunt nicht, Pfannenstiel, ich bin kein Heide – und lade mich bei dem Vetter Pfarrer zu Mittag. Natürlich bleibt Rahel zu Hause und besorgt den Tisch, Ihr aber gewinnt bei währendem Gottesdienste auf Schleichwegen die Pfarre, entführt das Mädchen, bringt es hieher und, während Ihr sie küßt, armiere ich die zwei eisernen Kanonen, die Ihr auf dem Hausflur gesehen habt, und verteidige den schmalen Damm, der meine Insel mit dem Festlande verbindet. Treffen! Unterhandlung! Friedensschluß!«

Wäre der Kandidat in seiner natürlichen Verfassung gewesen, er hätte diese Soldatenschnurre belächelt, aber der starke Wein war ihm in den Kopf gestiegen.

»Entsetzlich!« rief er aus, fügte dann aber nach einer Pause und erleichtert hinzu: »und unmöglich! Die Rahel würde niemals einwilligen.«

– »Sie wird! Ihr erscheint, werft Euch zu ihren Füßen: Entflieh mit mir! oder...« Er ergriff ein Pistol und setzte es sich an die rechte Schläfe.

– »Sie ist eine Christin!« rief der erhitzte Kandidat.

– »Sie wird und muß wollen! Jede Figur wird von der männlichen Elementarkraft bezwungen. Kennt Ihr die neueste deutsche Literatur nicht? ... den Lohenstein, den Hofmannswaldau?«

– »Sie wird nicht wollen – nimmermehr!« wiederholte Pfannenstiel mechanisch.

– »Dann fahrt Ihr ab – glorios mit Donner und Blitz!« und Wertmüller drückte los. Der Hahn schlug nieder, daß es Funken stob.

Jetzt ermannte sich Pfannenstiel. Die ihm so nahegelegte ungeheure Freveltat und sein Schauder davor gaben ihm die Besinnung wieder und ernüchterten sein Gehirn. Auch fiel ihm die Warnung Rosenstocks ein. Er narrt und quält dich boshaft, sagte er sich, du bist ja ein geistlicher Mann und hast es mit einem schlimmen Feinde der Kirche zu tun.

Ein Hohnlächeln zuckte in den Mundwinkeln des ihn beobachtenden, scharf beleuchteten Gesichtes, das in diesem Augenblicke einer grotesken Maske glich. Der Kandidat erhob sich von seinem Sitze und sprach nicht ohne Würde: »Wenn das Euer Ernst ist, so verweile ich keine Minute länger unter einem Dache, wo eine mehr als heidnische Verruchtheit gelehrt wird; ist es aber Euer Scherz, Herr Wertmüller, wie ich es glaube, so verlasse ich Euch ebenfalls, denn einen einfachen Menschen, der Euch nichts zuleide getan hat, zu hänseln und zu verhöhnen, das ist nicht christlich, nicht einmal menschlich – das ist teuflisch.«

Ein schöner, ehrlicher Zorn flammte in seinen blauen Augen, und er schritt der Türe zu.

»La, la«, sagte der General. »Was frühstückt Ihr morgen? Eier, Rebhuhn, Forelle?«

Pfannenstiel öffnete und enteilte.

»Der Mohr wird Euch aufs Zimmer leuchten! Auf Wiedersehen morgen beim Frühstück!« rief ihm Wertmüller nach.

Der Alleingebliebene lud sorgfältig das leichtspielende Pistol mit Pulver und stieß einen derben Pfropfen nach. Das schwerspielende ließ er ungeladen. Beide übergab er dem Mohren mit dem Befehle, dieselben in seinen schwarzen Sammetrock zu stecken. Dann ergriff der General einen Leuchter und suchte sein Lager auf.

Siebentes Kapitel

Der Kandidat eilte in raschem Laufe dem Damme zu, durch welchen die Südseite der Insel mit dem festen Lande zusammenhing. Oft hatte er, da er sich im verflossenen Frühjahre in Mythikon aufhielt, den Sitz des damals in Deutschland bataillierenden Generals mit neugierigen Augen gemustert, ohne ihn je zu betreten. Er wußte, daß der Damm gegen seine Mitte hin durch ein altertümliches kleines Tor und eine Brücke unterbrochen war, aber er war gewiß, kein Hindernis zu finden, da dieses Tor, wie er sich erinnerte, niemals geschlossen wurde, sich auch nicht schließen ließ, da es keine Torflügel hatte.

Jetzt erreichte er das Ufer und erblickte zu seiner Linken die Linie des Dammes. Aber, o Mißgeschick! der von dem dämmernden Hintergrunde scharf abgehobene Balken der Brücke schwebte in der Luft und bildete statt eines rechten einen spitzen Winkel mit dem Profil der Pforte, an deren Steinbogen er durch zwei Ketten befestigt war. Das Tor, die aufgezogene Brücke, die kleine Verbindungslinie der Ketten – alles ließ sich mit überzeugender Deutlichkeit unterscheiden; denn der Mond gab genügendes Licht, und in dem leeren, nicht zu überspringenden Zwischenraume flimmerte sein Widerschein in dem silbernen Gewässer. Pfannenstiel war ein Gefangener. Unmöglichkeit, durch das Moor zu waten! Er wäre, da er die Furten des tückischen Röhrichts nicht kannte, bei den ersten Schritten versunken und hätte ein klägliches Ende genommen. Ratlos stand er am Inselgestade, während aus dem Sumpfe dicht vor seinen Füßen ein volltöniges Brekekex Koax Koax erscholl.

Gerade an jenem Abende war unter den Fröschen der Au ein junger Lyriker von bedeutender Begabung aufgetaucht, der das feste und gegebene Motiv der Froschlyrik so keck in Angriff nahm und so gefühlvoll behandelte, daß der begeisterte Chor nicht müde wurde, die vorgesungene Strophe mit unersättlichem Enthusiasmus zu wiederholen. Auf den Kandidaten freilich machte das leidenschaftliche Gequäke einen tief melancholischen Eindruck, als steige es aus den Sümpfen des Acheron empor.

In halber Verzweiflung wollte er nun über den Damm nach der Pforte eilen, ob sich die Zugbrücke mit Anstrengung aller Kräfte nicht senken ließe. Da gewahrte er, noch einmal vorwurfsvoll nach dem unheimlichen Landhause sich umwendend, eine ihm entgegenwandernde Helle, und nach wenigen Augenblicken stand Hassan mit einem Windlicht in der Faust an seiner Seite. Mit untertäniger Zutunlichkeit redete ihm der gutmütige Mohr zu, in die von ihm geflohene Wohnung zurückzukehren.

»Langweilig Frosch, geistlicher Herr!« radbrechte Hassan, »Schloß an Zugbrücke – Zimmer bereit!«

Was war zu tun? Nichts anderes, als Hassan zu folgen. In der großen, auf den gepflasterten Hausflur mündenden Küche entzündete der Mohr zwei Kerzen und leuchtete dem Kandidaten die Treppe hinauf. Auf der zweitobersten Stufe ergriff er ihn rasch am Arme: »Nicht erschrecken, geistlicher Herr!« flüsterte er. »Schildwache vor Zimmer von General.« Und in der Tat, da stand eine Schildwache. Hassan beleuchtete sie mit der Kerze, und Pfannenstiel erblickte ein Skelett, das die Knochenhände auf eine Muskete gestützt hielt und an dem über die Rippen gekreuzten und blank gehaltenen Lederzeuge Patronentasche und Seitengewehr der zürcherischen Landmiliz trug. Ein kleines dreieckiges Hütchen war auf den hohlen Schädel gestülpt.

Der Kandidat fürchtete das Bild des Todes nicht, er war mit demselben von Amts wegen vertraut, ja er hatte eine gewisse Vorliebe für die warnende und erbauliche Erscheinung des Knochenmannes. Aber wer war der Mensch, der da drinnen unter der Hut dieser gespenstischen Wache schlief? Und welche seltsame Lust fand er daran, mit den ernstesten Dingen sein frevles Gespötte zu treiben?

Jetzt öffnete der Mohr das zweitäußerste Zimmer der Seeseite und stellte die beiden Leuchter auf den Kamin. Pfannenstiel, dessen Wangen glühten und fieberten, trat ans Fenster, um es aufzureißen; Hassan aber hielt ihn zurück.

»Seeluft ungesund«, warnte er und machte die Flügeltüre eines Nebenzimmers auf, um dem Erhitzten in unschädlicher Art mehr Luft zu verschaffen. Dann entfernte er sich mit einem demütigen Gruße.

Der Kandidat schritt eine gute Weile in der Kammer auf und nieder, um seine erregte Phantasie zur Ruhe zu bringen und den wunderlichsten Tag seines Lebens einzuschläfern. Aber das gefährlichste Abenteuer desselben war noch unbestanden.

Aus dem von Hassan geöffneten Nebenzimmer klang ein leiser Ton, wie ein tiefer Atemzug. Hatte die streichende Nachtluft die Falten eines Vorhanges bewegt oder war ein Käuzlein an den nur halb geschlossenen Jalousien vorbeigeflattert?

Der Kandidat hemmte seinen Schritt und horchte. Plötzlich fiel ihm ein, daß dieses nächste Zimmer, das letzte der Fassade, kein anderes sein könne als die Räumlichkeit, welche der Schiffer Bläuling der Türkin des Generals angewiesen hatte.

Die Möglichkeit einer solchen Nähe brachte den unbescholtenen jungen Geistlichen begreiflicherweise in die größte Angst und Unruhe, doch nach kurzer Überlegung beschloß er, in die berüchtigte Kammer mutig hineinzuleuchten.

Er betrat einen reichen türkischen Teppich und stand, sich zur Rechten wendend, vor einem lebensgroßen Bilde, welches von vergoldetem, üppigem Blätterwerk eingerahmt war und die ganze, dem Fenster gegenüberstehende Wand des kleinen Kabinettes füllte. Das Bild war von einem Niederländer oder Spanier der damals kaum geschlossenen glänzenden Epoche in jener naturwarmen, bestrickenden Weise gemalt, die den Neuern verlorengegangen ist. Über eine Balustrade von maurischer Arbeit lehnte eine junge Orientalin mit den berauschenden dunkeln Augen und glühenden Lippen, bei deren Anblicke die Prinzen in Tausendundeiner Nacht unfehlbar in Ohnmacht fallen.

Sie legte den Finger an den Mund, als bedeute sie den vor ihr Stehenden: Komm, aber schweige!

Pfannenstiel, der nie etwas auch nur annähernd Ähnliches erblickt hatte, wurde tief und unheimlich erschüttert von der Verlockung dieser Gebärde, der Sprache dieser Augen. Es tauchte etwas ihm bis heute völlig unbekannt Gebliebenes in seiner Seele auf, etwas, dem er keinen Namen geben durfte – eine brennende Sehnsucht, die glückselige Möglichkeit ihrer Erfüllung! Vor diesem Bilde begann er an so übergewaltige Empfindungen zu glauben und vor ihrer Macht zu erbeben ...

Plötzlich wandte sich der Kandidat, lief in sein Schlafgemach zurück und begnügte sich nicht, die Türe zu verschließen, er schob noch den Riegel und drehte zuletzt den Schlüssel um. Nun glaubte er sein Lager gesichert und begrub sich in die Kissen desselben.

Doch kaum war er entschlummert, so trat das schöne Schemen durch die Türe, ohne sie zu öffnen, und nahm tückisch Gestalt und Antlitz der Rahel Wertmüller an, ihren maidlichen Wuchs, ihre feinen geistigen Züge. Aber ihre Augen schmachteten wie die der Orientalin, und sie legte den Finger an den Mund.

Nun kam eine böse, schlimme Stunde für den armen Kandidaten. Er wollte fliehen und wurde von einer dämonischen Gewalt zu den Füßen des Mädchens hingeworfen. Er stammelte unsinnige Bitten und machte sich verzweifelte Vorwürfe. Er umfaßte ihre Knie und verurteilte sich selbst als den ruchlosesten aller Sünder. Rahel, erst erstaunt, dann strengblickend und unwillig, stieß ihn zuletzt empört von sich weg. Jetzt stand der General neben ihm und reichte ihm das Pistol. »Die Figur«, dozierte er, »wird bezwungen von der männlichen Elementarkraft.« Dem Kandidaten wurde wie von eisernen, teuflischen Krallen der Arm gebogen, und er setzte sich die tödliche Waffe an die rechte Schläfe. »Fliehe mit mir!« stöhnte er. Sie wandte sich ab. Er drückte los, und erwachte, nicht in seinem Blute, aber in kaltem Schweiße gebadet. Dreimal trieb ihn der quälende Halbtraum in diesem Kreislaufe von Begierde, Frevel und Reue herum, bis er endlich das Fenster aufschloß und im reinen Hauche der heiligen Frühe in einen tiefen beruhigenden Schlaf versank.

Er erwachte nicht, bis Hassan mit warmem Wasser ins Zimmer trat und auf seinen Befehl die Jalousien öffnete. Ein himmlischer, innig blauer Tag und das nun halb verwehte, nun vollhallende Geläute aller Seeglocken drang in die Traumkammer.

»General Kirche gegangen«, sagte der Mohr. »Geistlicher Herr frühstücken?«

Achtes Kapitel

Und der Mohr log nicht.

Rudolf Wertmüller wandelte in dem Augenblicke, da sich sein Gast dem Schlummer entriß, schon unweit der Kirche von Mythikon unter den sonntäglichen Scharen, welche alle dahinführenden Wege und Fußsteige bevölkerten.

Der sonst so rasche Schritt des Generals war heute ein gemessener und seine Haltung durchaus würdig und untadelig. Er war in schwarzen Sammet gekleidet und trug in der behandschuhten Rechten ein mit schweren vergoldeten Spangen geschlossenes Gesangbuch.

Seltsam! Wertmüller, der seit langem jede Kirche gemieden hatte, stand bei den Mythikonern in dem schlimmen Rufe und der schwefelgelben Beleuchtung eines verhärteten Freigeistes, es war ihnen eine ausgemachte, nicht anzufechtende Tatsache, daß ihn über kurz oder lang der Teufel holen werde – und dennoch waren sie herzlich erfreut, ja gerührt, ihn auf ihrem Kirchwege einherschreiten zu sehen. Sie erblickten in seinem Erscheinen durchaus nicht einen Akt der Buße, denn sie liebten es nicht und hielten es für schmählich – hierin den griechischen Dramatikern ähnlich –, wenn eine erwachsene Person ihren Charakter wechselte; sie trauten es dem Generale zu, daß er konsequent bleibe und resolut ins Verderben fahre. Die Mythikoner faßten vielmehr den Kirchgang des alten Kriegsmannes als eine Höflichkeit auf, als eine Ehre, die er der Gemeinde erweise, als einen öffentlichen Abschiedsbesuch vor seinem Abgange ins Feldlager.

Das Grüßen nahm kein Ende, und jeder Gruß ward von dem heute ausnahmsweise Leutseligen mit einem Nicken oder einem kurzen freundlichen Worte erwidert. Nur ein altes Weib, das böseste in der Gemeinde, stieß ihre blödsinnige Tochter zurück, die den General angaffte, und raunte ihr vernehmlich zu: »Verbirg dich hinter mir, sonst nimmt er dich und macht dich zur Türkin!«

Weniger erfreut über den Anblick des ungewohnten Kirchgängers war der Pfarrer Wilpert Wertmüller, als er, mit Mantel und Kragen angetan, aus dem Tore seines Hofraums trat, in dessen Mitte hinter einem altergrauen Brunnen zwei mächtige Pappeln sich leis im Winde wiegten. Seine Überraschung war eine vollständige; denn Rahel hatte geschwiegen.

Der Pfarrer, ein Sechziger von noch rüstigem Aussehen und nicht gerade geistreichen, aber männlichen Gesichtszügen, mochte den General als einen versuchten Weidmann in Wald und Feld wohl leiden; daß er aber seine Erbauung gerade in der Kirche von Mythikon suchte – das hätte er ihm gerne erlassen.

Je unwillkommener, desto höflicher war der General. Er zog den Hut, dann nahm er den Pfarrer an der Hand und führte ihn in den Flur seines Hauses zurück. Gerade in diesem Augenblicke setzte die schöne, morgenfrische Rahel ihren Fuß auf die unterste Stufe der Treppe, sonntäglich angetan und ebenfalls ein kleines, in schwarzen Sammet gebundenes Gesangbuch in der Hand.

»Kind, du bist reizend! eine Nymphe!« begrüßte sie Wertmüller. »Lasse dich väterlich auf die Stirn küssen!«

Sie weigerte sich nicht, und der kleine, aber fest und wohlgebaute General richtete sich auf den Fußspitzen empor, um die feine weiße Stirn des hochgewachsenen Mädchens zu erreichen, eine eher komische als zärtliche Gruppe.

»Bittest du mich nach der Predigt zu Tische, Alter?« fragte Wertmüller.

»Selbstverständlich!« versetzte der gastfreundliche Pfarrer. »Rahel bleibt zu Hause und besorgt die Küche.«

Das willige Mädchen fügte mit einem leichten Knickse hinzu: »Wir bedanken uns, Pate!« und eilte in das obere Stockwerk zurück.

»Ich bringe dir etwas mit, Alter«, lächelte der General.

»Gewehr?« fuhr der Pfarrer heraus, und seine Augen leuchteten.

Wertmüller nickte bejahend und zog unter dem breiten Schoße seines Sammetrockes ein Pistol hervor. Die vornehme Fasson und der damaszierte Lauf des kleinen Meisterstückes der damaligen Büchsenschmiedekunst stachen dem Pfarrer gewaltig in die Augen. Seine ganze Leidenschaft erwachte. Wertmüller trat mit ihm aus dem dämmerigen Flur durch die Hintertüre der Pfarre in den Garten, um ihn die kostbare kleine Waffe im vollen Tageslichte bewundern zu lassen.

Die ganze Langseite des Hauses war mit einer ziemlich niedrigen Weinlaube bekleidet; an dem einen Ende dieses grünen Bogenganges hatte der Pfarrer vor Jahren eine steinerne Mauer mit einer kleinen Scheibe aufführen lassen, um sich, an dem entgegengesetzten Eingange Posto fassend, während seiner freien Stunden im Schießen zu üben.

»Aus der Levante?« fragte er, sich des Pistols bemächtigend.

»Venezianische Nachahmung. Sieh hier die verschlungene Chiffre GG – bedeutet Gregorio Gozzoli«, rühmte Wertmüller.

»Ich erinnere mich, diesen Schatz von Pistölchen in deiner Waffenkammer auf der Au gesehen zu haben, – aber war es nicht ein Pärchen?«

»Du träumst...«

»Ich kann mich geirrt haben. Spielt das kleine Ding leicht?«

»Leider ist der Drücker etwas verhärtet, aber du darfst das fremde Meisterstücklein keinem hiesigen Büchsenmacher anvertrauen, er würde dir es verderben.«

»Etwas hart? tut nichts!« sagte der Pfarrer. Er nahm trotz Mantel und Kragen am einen Ende der Laube Stellung. Auf dem linken Fuße ruhend, den rechten vorgesetzt, zog er den Hahn und krümmte den Arm.

Eben verstummten die Glocken auf dem nahen Kirchturme, und das Auszittern ihrer letzten Schläge verklang in dem Gesumme der Wespen, die sich geräuschvoll um die noch nicht geschnittenen Goldtrauben der Laube tummelten.

Der Pfarrer hörte nichts – er drückte und drückte mit dem Aufgebot aller Kraft.

»Pfui, Alter, was schneidest du für Grimassen?« spottete Wertmüller. »Gib her!« Er entriß ihm die Waffe und legte seinen eisernen Finger an den Drücker. Der Hahn schlug schmetternd nieder. »Du verlierst deine Muskelkraft, Vetter! Dich entnervt die gliederlösende Senectus! Ich will dir selbst den Mechanismus etwas geschmeidiger machen – du weißt, daß ich ein ruhmreicher Schlosser und ganz leidlicher Büchsenschmied bin!« Der General ließ die schmucke kleine Waffe in die Tiefe seiner Tasche zurückgleiten.

»Nein, nein, nein!« rief der Pfarrer leidenschaftlich. »Du hast es mir einmal geschenkt! Ich lasse es nicht mehr aus den Händen!...«

Zögernd hob der General das Pistol wieder hervor – nicht mehr dasselbe. Er hatte es, der alte Taschenspieler, mit dem auch für ein schärferes und ruhiges Auge nicht leicht davon zu unterscheidenden Zwillinge gewechselt.

Der Pfarrer hielt die Waffe kaum wieder in der Hand, als er sich von neuem in Positur stellte, denn er war ganz Feuer und Flamme geworden, und Miene machte, den Hahn noch einmal zu spannen.

Der General aber fiel ihm in den Arm. »Hernach!« redete er ihm zu. »Donnerwetter! Es hat längst ausgeläutet.«

Herr Wilpert Wertmüller erwachte wie aus einem Traume, besann sich, lauschte. Es herrschte eine tiefe Stille, nur die Wespen summten.

Er steckte das Pistol eilig in die geräumige Rocktasche, und die Vettern beschritten den kurzen, jetzt völlig menschenleeren Weg nach der nahen Kirche.

Neuntes Kapitel

Als die zwei Wertmüller den heiligen Raum betraten, war er schon bis auf den letzten Platz gefüllt. Im Schiffe saßen rechts die Männer, links die Weiber, im Chore, das Antlitz der Gemeinde zugewendet, die Kirchenältesten, unter ihnen der Krachhalder.

Zwei breite, oben durch ein großes Halbrund verbundene Mauerpfeiler schieden Chor und Kirche. An dem rechts gelegenen schwebte die Kanzel und am Fuße der steilen Kanzeltreppe befand sich der einzig leer gebliebene Sitz, der mit Schnitzwerk verzierte Stuhl von Eichenholz, welchen der Pfarrer während des Gesanges einzunehmen pflegte. Diesen wies er jetzt dem General an und bestieg ohne Verzug die Kanzel. Der Verspätete hatte Eile, der Gemeinde die Nummer des heutigen Kirchenliedes zu bezeichnen.

Es war das beliebteste des neuen Gesangbuchs, ein Danklied für die gelungene Lese, erst in neuerer Zeit verfaßt und aus Deutschland gekommen, mit dreisten und geschmacklosen Schnörkeln im damaligen Rokokostile, aber nicht ohne Klang und Farbe.

Jede Strophe begann mit der Aufforderung, den Geber alles Guten vermittelst eines immer wieder andern Instrumentes zu loben. Dem Autor mochte ein Kirchenbild vorgeschwebt haben. Aber nicht jene zarten musizierenden Engel Giambellinis, welche an das Dichterwort erinnern:

Da geigen die Geiger so himmlisch klar,
Da blasen die Bläser so wunderbar ...

Nein! sondern die auf einer robusten Wolke lagernde und mit allen möglichen Instrumenten ausgerüstete pausbäckige himmlische Hofkapelle irgendeines Bravourbildes aus der Rubensschen Schule.

»Frohlocket, frohlocket!...« erscholl es heiter und volltönig in dem schönen, reinlichen Raume, durch dessen acht Spitzbogenfenster das leuchtende Blau des himmlischen Tages hereinquoll.

Der General, dessen Eintritt ein wohlgefälliges Gemurmel erregt hatte, wendete sein gesammeltes Antlitz der Gemeinde zu, konnte aber mit einer ungezwungenen Wendung des Kopfes leicht den hohen Sitz beobachten, wo sein Vetter horstete. Eben jetzt warf er einen Blick hinauf. Der Seelsorger von Mythikon, der das Jubellied schon oft gehört hatte und seiner ebenfalls schon oft gehaltenen Predigt sicher war, betastete leise seine Tasche.

»Posaunet, posaunet!...« dröhnte es durch das Schiff. Wertmüller schielte die Kanzeltreppe hinauf. Der Vetter hatte das kleine Terzerol aus der Tasche gezogen und betrachtete es hinter der hohen Kanzelbrüstung mit Augen der Liebe.

»Drommetet, drommetet!...« sangen die Mythikoner. Mitten durch den Trompetenlärm hörte der General deutlich ein scharfes Knacken, als würde droben ein Hahn gezogen. Er lächelte.

Jetzt kam die letzte, die Lieblingsstrophe der Mythikonerinnen. »Und flötet, o flötet!...« sangen sie, so schön sie konnten. Der General warf wieder einen verstohlenen Blick nach der Kanzel hinauf. Spielend legte der Pfarrer eben seinen dicken Finger an den Drücker; wußte er doch, daß er die Feder mit aller Gewalt nicht bewegen konnte. Aber er zog ihn gleich wieder zurück, und die sanften Flöten verklangen.

Der General unten an der Kanzel legte in gedrückter Stimmung sein Gesicht in Falten.

Jetzt betete der geistliche Herr, der das kleine Gewehr in seine geräumige Tasche zurückgleiten ließ, in aller Andacht die Liturgie und las dann den Text aus der großen, ständig auf dem Kanzelbrette lagernden Bibel. Es war der herrliche siebenundvierzigste Psalm, der da beginnt: Frohlocket mit Händen, alle Völker, lobet Gott mit großem Schalle!

Frisch und flott ging es in die Predigt hinein und schon war sie über ihr erstes Drittel gediehen. Noch einmal lauerte der General empor, sichtlich enttäuscht, mit einem fast vorwurfsvollen Blicke, der sich aber plötzlich erheiterte. Der Pfarrer hatte im Feuer der Aktion, während seine Linke vor allem Volke gestikulierte, mit der durch die Kanzel gedeckten Rechten instinktiv das geliebte Terzerol wieder hervorgezogen. »Lobet Gott mit großem Schalle!« rief er aus, und, paff! knallte ein kräftiger Schuß. Er stand im Rauch. Als er wieder sichtbar wurde, quoll die blaue Pulverwolke langsam um ihn empor und schwebte wie ein Weihrauch über der Gemeinde.

Entsetzen, Schreck, Erstaunen, Ärger, Zorn, ersticktes Gelächter, diese ganze Tonleiter von Gefühlen fand ihren Ausdruck auf den Gesichtern der versammelten Zuhörer. Die Kirchenältesten im Chor aber zeigten entrüstete und strafende Mienen. Die Lage wurde bedenklich.

Jetzt wendete sich der General mit einer zugleich leutseligen und imponierenden Gebärde an die aufgeregten Mythikoner:

»Lieben Brüder, laßt euch den Schuß nicht anfechten. Bedenket: es ist nach menschlicher Voraussicht das letztemal, daß ich mich in eurer Mitte erbaue, ehe ich diesen meinen sterblichen Leib den Kugeln preisgebe. – Und Ihr, Herr Pfarrer, zeigt Euch als einen entschlossenen Mann und führt Euern Sermon zu Ende.«

Und wirklich, der Pfarrer setzte unerschrocken wieder ein und fuhr in seiner Predigt fort, unbeirrt, ohne den Faden zu verlieren, ohne sich um ein Wort zu vergreifen, zu stottern oder sich zu versprechen.

Alles kehrte wieder in die Ordnung zurück. Nur das blaue Pulverwölkchen wollte sich in dem geschlossenen Raume gar nicht verlieren und schwebte hartnäckig über der Gemeinde, bald im Schatten, bald von einem Sonnenstrahl beleuchtet, bis seine Umrisse immer ungewisser wurden und sich endlich auflösten.

Zehntes Kapitel

Während der Pfarrer seine Predigt tapfer zu Ende führte, hatte die daheimgebliebene Rahel der alten Babeli und dem zur Aushilfe von dieser herbeigeholten Nachbarskinde ihre Befehle gegeben und trat jetzt, ein Körbchen und ein kleines Winzermesser in der Hand, vor die hintere Haustüre, um einige ihrer reifen sonnegebräunten Goldtrauben von der Laube zu schneiden.

Da sah sie, sich gerade gegenüber, wo der Fußsteig um die von der Landstraße abliegende Seite des Gartens lief, ein seltsames Schauspiel.

Ein unheimlicher Mensch stützte die Hände auf den Zaun, schwang sich mit fliegenden Rockschößen in einem wilden Satze über die Hecke und kam ihr stracks entgegen. Kaum traute sie ihren Augen. Konnte er es sein? Unmöglich! Und doch, er war es.

Pfannenstiel hatte das Frühstück, welches ihm der dienstbeflissene Mohr im Speisesaale auf der Au versetzte, kaum berührt. Es trieb ihn fort über die jetzt gesenkte Zugbrücke, bergan, der Pfarre von Mythikon zu. Er wußte, daß er die Straßen und Steige, wenn auch nur für kurze Zeit, noch leer fand. Das orientalische Schemen war im Morgenwinde verflattert; aber, wie himmlisch leuchtend und frisch der Herbsttag aus seinen Nebelhüllen hervortrat, einer der gestern empfangenen Eindrücke war wie ein Stachel in der aufgeregten Seele des Kandidaten haften geblieben.

Ihm fehle die Männlichkeit, hatte der General ihm vorgehalten, die einen unfehlbaren Sieg über das Weibliche davontrage. Das gab dem Kandidaten zu schaffen, und da sich ihm eine nächste Gelegenheit bot, etwas nach seiner Ansicht Kühnes zu unternehmen, und gerade das, wozu der General ihn aufgefordert hatte, so entschloß sich der Verwilderte, Rahel, wenn auch ohne Feuerwaffe, mit einem Morgenbesuche zu überraschen.

Der Sprung über die Hecke war dann freilich keine Heldentat gewesen, sondern eine Flucht vor den ersten heimkehrenden Kirchgängern, die er zwischen den Bäumen der Landstraße zu sehen glaubte.

Wie er sich mit unternehmender Miene und in entschiedener Haltung der Wertmüllerin näherte, erschrak diese ernstlich über sein Aussehen, seine fiebernden Augen, die Blässe und Abspannung, wie sie eine schlaflose Nacht auf dem Antlitze zurückläßt. Auch der herabhängende, halb abgedrehte Knopf und die Leere, die der andere weggerissene gelassen, entgingen ihr natürlich keinen Augenblick und vollendeten den beängstigenden Eindruck.

»Um Himmels willen, was ist Euch, Herr Vikar?« sagte das Mädchen. »Seid Ihr krank? Ihr habt etwas Verstörtes, Fremdes an Euch, das mich erschreckt. O der heillose Pate – was hat er mit Euch vorgenommen? Er gelobte mir doch, Euch nichts anzutun, und nun hat er Euch gänzlich zerrüttet! Erzählt mir haarklein, was Euch auf der Au zugestoßen – vielleicht weiß ich Rat.«

Als ihr der Kandidat in die verständigen und doch so warmen Augen blickte, ward er sich urplötzlich dessen bewußt, was ihn eigentlich hergetrieben. Der Kobold des Abenteuers, der sich beim ersten Schritte, den er auf der Au getan, ihm auf den Nacken gesetzt hatte, sprang von seinem Rücken und ließ ihn fahren.

Bis ins kleinste beichtete er den klaren braunen Augen seine Erlebnisse auf der Insel, nur die Vision der Türkin weglassend, die ja eine Ausgeburt seines erhitzten Gehirns gewesen war. Er gestand ihr, ihn habe der Vorwurf des Generals, ihm fehle das Männliche, verblüfft und beunruhigt, auch jetzt könne er noch nicht darüber hinwegkommen. Und er bat sie, ihm aufrichtig zu sagen, ob hier ein Mangel sei und wie dem abzuhelfen wäre.

Rahel betrachtete ihn ein Weilchen fast gerührt, dann brach sie in ein helles Gelächter aus.

»Der Pate trieb mit Euch sein Spiel«, sagte sie, »aber daß er Euch das griechische Abenteuer widerriet, war recht. Ihr wolltet aus Eurer eigenen Natur heraus, und er hat Euch heimgespottet ... Warum auch? Wie Ihr seid, und gerade wie Ihr seid, gefällt Ihr mir am besten. Papas ungeistliche Waidlust hat mir genug schwere Stunden gemacht! Für mich lob ich mir den Mann, der unsern Dorfleuten mit einem erbaulichen, durchsichtigen Wandel vorleuchtet, unsern Zehntwein schluckweise trinkt, seine Frau liebhat und zuweilen von einem bescheidenen und gelehrten Freunde besucht wird! ... Diese Kavaliere! Ich habe übergenug von ihren Tafeldiskursen, wenn sie den Vater mit Roß und Wagen überfallen! – Der Pate hat Euch gestern in so manches eingeweiht, hat er Euch nicht auch den Streich erzählt, den er mit achtzehn Jahren seinem jungen Weibe spielte? Sie gelüstete nach Spanischbrötchen, wie man solche in Baden bäckt. ›Ich hole sie dir warm!‹ sagte er galant, sattelte und verritt. In Baden legte er die Brötchen in eine Schachtel und eine Zeile dazu, er verreise ins schwedische Lager. Diesen Abschied sandte er durch einen Boten, ihn selbst aber sah sie viele Jahre nicht wieder. Das hättet Ihr nicht getan!« Und sie reichte dem stillen Vikar die Hand.

»Aber jetzt muß ich Euch sogleich die Knöpfe befestigen«, setzte sie rasch hinzu, »es tut mir in den Augen und in der Seele weh, Euch in diesem Zustande zu sehen! Setzt Euch!« – dabei zeigte sie auf ein Bänklein unter der Laube – »ich hole Zwirn und Nadel.«

Pfannenstiel gehorchte, und sie entsprang mit dem traubengefüllten Körbchen.

Nun kam es über ihn wie Paradiesesglück. Licht und Grün, die niedrige Laube, das bescheidene Pfarrhaus, die Erlösung von den Dämonen des Zweifels und der Unruhe!

Sie freilich, die ihn davon befreit hatte, war selbst von Unruhe ergriffen. Welchen Streich hatte der General geplant oder schon ausgeführt? Sie machte sich Vorwürfe, ihm freie Hand dazu gegeben zu haben.

In der Küche erfuhr sie, der Herr Pfarrer habe sich mit dem General eingeschlossen und bald darauf seien die Kirchenältesten langsam und feierlich die Treppe hinaufgeschritten. Etwas Unerhörtes müsse in der Kirche vorgefallen sein.

Der Fischkuri, der ihr aus seinem Troge Forellen brachte, wurde von ihr befragt; aber er war nicht zum Reden zu bringen und schnitt ein dummes Gesicht.

Bestürzt eilte das Mädchen in ihre Kammer und mußte lange suchen, ehe sie Nadel und Zwirn fand.

Elftes Kapitel

Nachdem der Gottesdienst zu Mythikon ohne weitere Störung sein Ende genommen hatte, waren die Vettern nebeneinander in die nahe Pfarre zurückgeschritten, der Seelsorger zur Rechten des Generals, ohne sich um den Ausdruck der öffentlichen Meinung zu kümmern, welcher in den Mienen der ihnen Begegnenden unverkennbar zu lesen war.

Dort öffnete der geistliche Wertmüller sein Studierzimmer, ließ den weltlichen wie einen straffälligen armen Sünder nachkommen und verschloß sorgfältig die Türe. Dann trat er dicht an den Freveltäter heran. »Vetter General«, sagte er, »du hast an mir gehandelt als ein Schelm und ein Bube!«, und er machte Miene, ihn am Kragen zu packen.

»Hand weg!« entgegnete dieser. »Soll ich mich mit dir raufen, wie weiland mit dem Vetter Zeugherr von Stadelhofen in der Ratslaube zu Zürich, als wir uns die Perücken zausten, daß es nur so stob! Bedenke dein Amt, deine Würde!«

»Mein Amt, meine Würde!« wiederholte der Pfarrer langsam und schmerzlich. Eine Träne netzte seine graue Wimper. Mit diesen vier schlichten Worten war dasselbe ausgedrückt, was uns in jener großartigen Tirade erschüttert, mit welcher Othello von seiner Vergangenheit und seinem Amte Abschied nimmt.

Der General schluckte. Die Träne des alten Mannes war ihm entschieden zuviel.

»La, la«, tröstete er, »du hast eine prächtige Kaltblütigkeit gezeigt. Auf meine Ehre, ein echter Wertmüller! Es ist ein Feldherr an dir verlorengegangen.«

Aber die Schmeichelei verfing nicht. Auch der Moment der Wehmut war vorübergegangen.

»Womit habe ich dich beleidigt?« zürnte der Entrüstete. »Habe ich je in meiner Kirche auf dich gestichelt oder angespielt? Habe ich dich nicht in deinem Heidentume völlig werden lassen und dich gedeckt, wie ich konnte? – Und zum Danke dafür hast du mir hinterlistig das Pistol vertauscht, du Gaukler und Taschenspieler! – Warum beschimpfst du meine grauen Haare, Kind der Bosheit? Weil es dir in deiner eigenen Haut nicht wohl ist!...«

»La, la«, sagte der General.

Es pochte. Die Kirchenältesten von Mythikon traten in die Stube, dem Krachhalder den Vortritt lassend, und stellten sich in einem Halbkreise den Wertmüllern feierlich fast feindselig gegenüber. Der General las in den langen gefurchten Gesichtern, daß er mit seinem lästerlichen Scherze das dörfliche Gefühl schwer beleidigt hatte.

In der Tat, der Krachhalder, auf den sie alle hinhörten, war in den Tiefen seiner Seele empört. Wenn er sich auch den abenteuerlichen Vorfall nicht ganz erklären konnte, setzte er ihn doch unbedenklich auf die Rechnung des Generals, welcher, die Schwäche seines geistlichen Vetters sich zunutze machend, ein landkundiges Ärgernis habe anstiften wollen. Dem Krachhalder lag die Ehre seiner Gemeinde am Herzen, und er hatte das Mythikonerkirchlein mit seinem schlanken Helme und seinen hellen acht Fenstern aufrichtig lieb. – Süß war ihm nach dem Schweiße der Woche der Kirchgang im reinlichen Sonntagsrocke und den Schnallenschuhen, süß und nachdenklich

Taufe und Bestattung, die den Gottesdienst und das menschliche Leben begrenzen und einrahmen, süß das Angeredetwerden als sterblicher Adam und unsterbliche Seele, süß das Kämpfen mit dem Schlummer, das Übermanntwerden, das Wiedererwachen; süß das kräftige Amen, süß das Zusammenstehen mit den Ältesten auf dem Kirchhofe und die Begrüßung des Pfarrers, süß das gemütliche Heimwandeln.

Man mußte ihn sehen, den ehrbaren Greis mit dem scharfgezeichneten Kopfe, wenn er bei einer Armensteuer, nach der Aufforderung des Herrn Pfarrers zu schöner brüderlicher Wohltat, das Wasser in den Augen, aus seinem Geldbeutel ein rotes Hellerchen hervorgrub! –

Kurz, der Krachhalder war ein kirchlicher Mann, und das Herz blutete, oder richtiger gesagt, die Galle kochte ihm, die Stätte seiner sonntäglichen Gefühle verunglimpft und lächerlich gemacht zu sehen.

»Was führt Euch hieher?« redete der General ihn an und fixierte ihn mit blitzenden Augen so scharf, daß der Krachhalder, der trotz seines guten Gewissens das nicht wohl ertragen konnte, mit seinen Augensternen nach rechts und links auswich, bis es ihm endlich gelang standzuhalten.

»Macht aus einer Mücke keinen Elefanten!« fuhr Wertmüller, ohne die Antwort zu erwarten, fort. »Nehmt den Schuß als einen verspäteten aus der Lese, oder, in Teufels Namen, für was Ihr wollt!«

»Die Lese war mittelmäßig«, erwiderte der Kirchenälteste mit verhaltenem Grimme, »und der Schuß ist ein recht böser Handel, Ihr Herren Wertmüller! Ich besitze eine Chronik von Stadt und Land; darinnen steht verzeichnet, daß vor Jahren einem jungen geistlichen Herrn, der seiner Braut über den heiligen Kelch hin mit verliebten Augen zuwinkte...«, der Krachhalder machte an seinem Halse das Zeichen eines Schnittes.

»Blödsinn!. fuhr der General ungeduldig dazwischen.

»Ich habe zu Hause auch eine Ketzergeschichte«, sprach der Krachhalder hartnäckig fort, »darinnen alle Trennungen und Sekten von Anfang der Welt an beschrieben und abgebildet sind. Aber kein Adamit oder Wiedertäufer hat es je unternommen, bei währender Predigt einen Schuß abzugeben. Das, Herr Pfarrer, ist eine neue Religion.«

Dieser seufzte. Das Beispiellose seiner Tat stand ihm deutlich genug vor Augen.

»Man wird den Schuß in Zürich untersuchen«, drohte jetzt der unbarmherzige Bauer, »die Synagoge«, er wollte sagen Synode, »wird darüber sitzen. Es tut mir leid für Euch, Herr Pfarrer; aber ich hoffe, sie fällt einen scharfen Spruch. Auch so wird uns der Spott nicht erspart werden, und das ist das Schlimmste, denn der Spott hat ein zähes Leben an unserm See. Wenn ich nur dran denke, wird es mir, beim Eid, schwarz vor den Augen. Das ganze rechte Ufer da drüben lacht uns aus. Keinen Schoppen können wir mehr trinken in Meilen oder Küßnach, ohne daß sie uns verhöhnen in allen Tonarten und Liederweisen. Der Schuß von Mythikon stirbt nicht am See, so wenig als in Altorf der Tellenschuß. Er haftet und lebt bei Kind und Kindeskind. Ich berufe mich auf Euch, Herr General«, fuhr er fort, und die alten Augen leuchteten boshaft, »Ihr wißt, was das heißen will! Wie lange ist es her, daß Ihr von Rapperswyl abzogt? Damals wurdet Ihr von den Katholischen besungen, und, glaubt Ihr's? das lebt noch. Ihr seid ein verrühmter, abfigürter Mann, aber was hilft das? Erst vorgestern noch fuhr ein volles Pilgerschiff von Richterswyl her um die Au mit großem Lärm und Gesang. Ich stand in meinem Weinberge und denke: die Narren! – Gegen Euer Haus hin werden sie still. ›Das macht der Respekt‹, sag ich zu mir selbst. Ja, da hatt' ich es getroffen. Kaum sind sie recht unter Euern Fenstern, so bricht das Spottliedlein los. Ihr wißt das, wo sie den Wertmüller heimschicken zur Müllerin! Gut, daß Ihr verritten wart! Meineidig geärgert hab ich mich in meinen Reben...«

»Schweigt!« fuhr ihn der General zornig an; denn der alte Schimpf jener aufgehobenen Belagerung brannte jetzt noch auf seiner Seele, ja schärfer als früher, als wäre er mit jener Tinte verzeichnet, die erst nach Jahren schwarz und unvertilglich hervortritt.

Doch er beherrschte sich und wechselte den Ton. »Etwas Konfusion gehört zu jeder Komödie«, sagte er, »aber wenn sie ihren Höhepunkt erreicht hat, muß ihr eine rasche Wendung zu gutem Schlusse helfen, sonst wird sogar die Verrücktheit langweilig.

Herr Pfarrer und liebe Nachbarn!

Gestern bis tief in die Nacht habe ich an meinem Testamente geschrieben und es Schlag zwölf Uhr unterzeichnet. Ich kenne Euer warmes Interesse an allem, was ich tue, lasse und nachlasse; erlaubt denn, daß ich Euch einiges daraus vorlese.«

Er zog eine Handschrift aus der Tasche und entfaltete sie. »Den Eingang, wo ich ein bißchen über den Wert der Dinge philosophiere, übergeh ich ... ›Wenn ich, Rudolf Wertmüller, jemals sterbe...‹, doch das gehört auch nicht hieher...«, er blätterte weiter. »Hier! ›Schloß und Herrschaft Elgg, die ich aus den redlichen Ersparnissen meines letzten Feldzuges erworben, bleibt als Fideikommiß in meiner Familie‹, usw. ›Item – sintemal diese Herrschaft eine treffliche, aber vernachlässigte Jagd besitzt und eine mit den Beutestücken eben jener Kampagne versehene, aber noch unvollständige Waffenkammer, so verfüge ich, daß nach meinem Ableben mein Vetter, der Herr Pfarrer Wilpert Wertmüller, benanntes Schloß und Herrschaft bewohne und bewerbe, die Jagd herstelle, die Waffenkammer vervollkomme und überhaupt und in jeder Weise bis an sein Ende frei darüber schalte und walte, wenn anders dieser geistliche Herr sich wird entschließen können, sein in Mythikon habendes Amt niederzulegen und antistite probante an den Kandidaten Pfannenstiel zu transferieren, welchem Kandidaten ich mein Patenkind, die Rahel Wertmüllerin, zur Frau gebe, nicht ohne die väterliche Einwilligung jedoch, und mit Hinzufügung von dreitausend Zürchergulden, die ich dem Fräulein, in meinen Segen eingewickelt, hinterlasse.‹

Uff«, schöpfte der General Atem, »diese Sätze! Eine verteufelte Sprache, das Deutsche!« –

Der Pfarrer kam sich vor wie ein Schiffbrüchiger, den dieselbe Welle begräbt und ans Land trägt. Seine verhängnisvolle Leidenschaft abgerechnet, ein verständiger Mann, erkannte er sofort, daß ihm der General den einzigen und dazu einen höchst angenehmen Weg öffne, der ihn aus Schimpf und Schande führen konnte.

Er drückte seinem Übel- und Wohltäter mit einer Art von Rührung die Hand, und dieser schüttelte sie ihm mit den Worten: »Komme ich durch, so soll es dein Schade nicht sein, Vetter! Ich tue dann, als wär' ich tot, und installiere dich als mein eigener Testamentsvollstrecker in Elgg!«

Die Mythikoner aber lauschten gleichsam mit allen Gliedmaßen, denn es schwante ihnen, daß jetzt sie an die Reihe kämen, beschenkt zu werden.

»Ich vermache denen Mythikern«, fuhr der General fort und sein Bleistift flog über das Papier in seiner Linken, denn er skizzierte den durch die Eingebung des Augenblickes entstandenen Paragraphen, »denen Mythikern vermache ich jene in ihre Gemeindewaldung am Wolfgang eingekeilte, zu zwei Dritteln mit Nadelholz, zu einem Drittel mit Buchen bestandene Spitze meines Besitztums, in der Weise, daß die beiden Marksteine des Gemeindegutes zu meinen Ungunsten durch eine gerade Linie verbunden werden. –

Heute noch – auf Ehrenwort und vor Zeugen – erhält dieser Zusatz mit meiner Unterschrift seine Endgültigkeit«, erklärte der General, »in der Meinung jedoch und unter der Bedingung, daß der heute, wie eine unverbürgte Sage geht, in der Kirche von Mythikon abgefeuerte Schuß zu den ungeschehenen Dingen verstoßen und, soweit er Realität hätte, mit einem ewigen Schweigen bedeckt werde, welches sich die Mythiker eidlich verpflichten, weder in diesem Leben zu brechen noch jenseits des Grabes am jüngsten Tage und letzten Gerichte.«

Der Krachhalder war während dieser Mitteilung äußerlich ruhig geblieben, nur die Nasenflügel in dem übrigens gelassenen Gesicht zitterten ein wenig, und seine Fingerspitzen hatten sich um ein kleines einwärts gebogen, als wolle er das Geschenk festhalten. »Herr General, so wahr mir Gott helfe!« rief er jetzt und hob die Hand zum Schwure; Wertmüller aber schloß:

»Widrigenfalls und bei gebrochenem Schweigen ich dies Vermächtnis bei meiner Rückkehr aus dem bevorstehenden Feldzuge umstoßen und vertilgen werde. Wäre mir dies nicht möglich wegen eingetretenen Sterbefalles, so schwöre ich, mich den Mythikern als Geist zu zeigen und zur Strafe ihres Eidbruches zwischen zwölf und eins ihre Dorfgasse abzupatrouillieren. – Werdet Ihr die Bedingung erfüllen können, Krachhalder?«

»Unwitzig müßten wir sein«, beteuerte dieser, »wenn wir nicht das Maul hielten!«

»Und Eure Weiber?«

»Dafür laßt uns Mythikoner sorgen«, sagte der alte Bauer ruhig und machte eine bedeutungsvolle Handbewegung.

»Aber, Krachhalder, stellt Euch vor, ich sei aus dem Reiche zurück«, sagte der General freundlich, »Wir sitzen unter meiner Veranda, ich lege Euch so wie jetzt die Hand auf die Schulter, stoße mit Euch an und wir plaudern allerlei. Dann sag ich so im Vorbeigehen: Jener Schuß hat gut gekracht!...«

»Welcher Schuß? – Das lügt Ihr, Herr General!« rief der Kirchenälteste mit einer sittlichen Entrüstung, die komischerweise durchaus nicht gespielt war, sondern das Gepräge vollkommener Aufrichtigkeit trug.

Wertmüller lächelte zufrieden.

»Jetzt heim, Ihr Männer!« mahnte der Alte. »Damit kein Unglück geschehe, muß in einer Viertelstunde das ganze Dorf wissen, daß der Schuß ... will sagen, daß wir heute eine gute Predigt gehört haben.«

Er drückte dem Pfarrer die Hand. »Und Euch, Herr General«, sagte er, »reiche ich sie als Eidgenosse.«

»Verzicht einen Augenblick«, befahl Wertmüller, »und seid Zeugen, wie ein glücklicher Vater zwei Hände zusammenlegt. Der Vikar kann nicht ferne sein. Trogen mich nicht die Augen, so sah ich ihn von weitem über eine Hecke voltigieren mit einem Salto, den ich ihm nie zugetraut hätte.«

»Rahel, mein Kind, schnell!« rief der Pfarrer durch die geöffnete Türe ins Haus hinein.

»Gleich, Vater!« scholl es zurück; aber nicht aus dem Innern der Wohnung, sondern von außen durch das Weinlaub des Bogenganges herauf.

Rasch blickte der General aus dem Fenster und gewahrte durch das Blattgitter seine Schützlinge in einer Gruppe, die er sich durchaus nicht erklären konnte.

»Hervor, Hirt und Hirtin, aus Arkadiens Lauben!« rief der alte Soldat.

Da schritt Rahel unmutig errötend unter dem schützenden Blätterdache hervor und betrat mit Pfannenstiel, den sie mitzog, ein kleines von Edelobstbäumen umzogenes Rondell, das hart vor den Fenstern der

Studierstube lag, aus denen der General mit den neugierigen Kirchenvorstehern herunterschaute.

Das Fräulein hielt eine Nadel in der gelenken Hand und befestigte vor aller Augen einen herabhängenden Knopf am Rocke des Kandidaten. Sie ließ sich in der Arbeit nicht stören. Erst nachdem sie den Faden gekappt hatte, heftete sie die braunen Augen, in denen Ernst und Übermut kämpften, fest auf ihren wunderlichen Schutzgeist und rief ihm zu:

»Pate, Ihr habt mir in kurzer Zeit den Herrn Vikar fast zerstört und zugrunde gerichtet. Wohl mußt' ich ihn wieder in Ordnung bringen, damit er vor Gott und Menschen erscheinen könne! Was aber habt Ihr mit dem obersten Knopfe angefangen, der hier mangelte und den ich durch einen des Vaters ersetzen mußte? – Schafft ihn zur Stelle, oder...« Sie erhob die Nadel mit einer so trotzigen und blutdürstigen Gebärde gegen den General, daß die Männer alle in schallendes Gelächter ausbrachen.

Nach wenigen Augenblicken traten Pfannenstiel und Rahel vor den Pfarrer, der sie verlobte und segnete.

Als aber die vergnügten Kirchenältesten sich entfernt hatten, gab der würdige Herr seinem künftigen Schwiegersohne noch eine kurze Ermahnung:

»Was war das, Herr Vikar? An der Kirche vorüberschlüpfen, abgerissene Knöpfe! ... Wo bleibt da die Würde, das Amt?«

Dann wandte er sich gegen den General: »Ein Pärchen!« sagte er, »nun das andere! Gebt her, Vetter!«

Und er langte ihm ohne Umstände in die Rocktasche, hob daraus das hartspielende Pistol, zog dann das in der Kirche entladene leichtspielende aus dem seinigen und hielt sie vergleichend zusammen.

So begab es sich, daß der Schuß von Mythikon totgeschwiegen und, im Widerspiel mit dem Tellenschusse, aus einer Realität zu einer blassen wesenlosen Sage verflüchtigt wurde, die noch heute als ein heimatloses Gespenst an den schönen Ufern unsres Sees herumschwebt.

Aber auch wenn die Mythikoner geplaudert hätten, der General konnte sein Testament nicht mehr entkräften, denn er hatte die Eichen der Au zum letzten Male gesehen.

Sein Ende war rasch, dunkel, unheimlich. Eines Abends beim Lichteranzünden ritt er mit seinem Gefolge in ein deutsches Städtchen ein, stieg im einzigen schlechten Wirtshause ab, berief den Schöffen zu sich und ordnete Requisitionen an. Ein paar Stunden später wurde er plötzlich von einem Krankheitsanfalle niedergeworfen und Schlag Mitternacht hauchte er seine seltsame Seele aus.

Titelliste Taschenbuch-Literatur-Klassiker

Bd. 1 *Abenteuer und Fahrten des Huckleberry Finn*, Mark Twain, Bd. 2 *Andersens Märchen*, Hans Christian Andersen, Bd. 3 *Anton Reiser*, Karl Philipp Moritz, Bd. 4 *Aus dem Leben eines Taugenichts*, Joseph Freiherr v. Eichendorff, Bd. 5 *Bahnwärter Thiel*, Gerhard Hauptmann, Bd. 6 *Bambi Eine Lebensgeschichte aus dem Walde*, Felix Salten, Bd. 7 *Bauern, Bonzen und Bomben*, Hans Fallada, Bd. 8 *Bel Ami*, Guy de Maupassant, Bd. 9 *Bergkristall*, Adalbert Stifter, Bd. 10 *Candide oder der Optimismus*, Voltaire, Bd. 11 *Caspar Hauser oder Die Trägheit des Herzens*, Jakob Wassermann, Bd. 12 *Dantons Tod*, Georg Büchner, Bd. 13 *Das Bildnis des Dorian Grey*, Oscar Wilde, Bd. 14 *Das Dschungelbuch*, Rudyard Kipling, Bd. 15 *Das Fräulein von Scuderi*, ETA Hoffmann, Bd. 16 *Das Gemeindekind*, Marie v. Ebner-Eschenbach, Bd. 17 *Das Heptameron*, *Margarete v. Navarra*, Bd. 18 *Märchenbriefbuch der heiligen Nächte*, Max Dauphtendey, Bd. 19 *Das Marmorbild*, Joseph v. Eichendorff, Bd. 20 *Das Schloss*, Franz Kafka, Bd. 21 *Das Urteil*, Franz Kafka, Bd. 22 *David Copperfield*, Charles Dickens, Bd. 23 *Der abenteuerliche Simplizissimus*, Grimmelshausen, Bd. 24 *Der arme Spielmann*, Franz Grillparzer, Bd. 25 *Der eingebildete Kranke*, Moliere, Bd. 26 *Der ewige Spießer*, Ödön v. Horváth, Bd. 27 *Der Fürst*, Nocolò Machiavelli, Bd. 28 *Der Glöckner von Notre Dame*, Victor Hugo, Bd. 29 *Der goldene Esel*, Apuleius, Bd. 30 *Der goldene Topf*, ETA Hoffmann, Bd. 31 *Der Graf von Monte Christo*, Alexandre Dumas, Bd. 32 *Der grüne Heinrich*, Gottfried Keller, Bd. 33 *Der kleine Häwelmann und andere Märchen*, Theodor Storm, Bd. 34 *Der kleine Lord*, Frances Hodgson Burnett, Bd. 35 *Der letzte Mohikaner*, James Fenimore Cooper, Bd. 36 *Der Prozess*, Franz Kafka, Bd. 37 *Der Sandmann*, ETA Hoffmann, Bd. 38 *Der Schimmelreiter*, Theodor Storm, Bd. 39 *Der Schuss von der Kanzel*, Conrad Ferdinand Meyer, Bd. 40 *Der Seewolf*, Jack London, Bd. 41 *Der seltsame Fall des Dr. Jekyll und Mr. Hyde*, Robert Louis Stevenson, Bd. 42 *Der Stechlin*, Theodor Fontane, Bd. 43 *Der Sturmheidhof (Sturmhöhe)*, Emily Brontë, Bd. 44 *Der Tor und der Tod*, Hugo v. Hofmannsthal, Bd. 45 *Der Weg ins Freie*, Arthur Schnitzler, Bd. 46 *Der zerbrochene Krug*, Heinrich v. Kleist, Bd. 47 *Deutsches Märchenbuch*, Ludwig Bechstein, Bd. 48 *Deutschland. Ein Wintermärchen*, Heinrich Heine, Bd. 49 *Die Abenteuer der sieben Schwaben*, Ludwig Aurbacher, Bd. 50 *Die Burg von Otranto*, Horace Walpole, Bd. 51 *Die drei Musketiere*, Alexandre Dumas, Bd. 52 *Die Elixiere des Teufels*, ETA Hoffmann, Bd. 53 *Die Geschichte meines Lebens*, Georg Ebers, Bd. 54 *Die Insel Felsenburg*, Johann Gottfried Schnabel, Bd. 55 *Die Judenbuche*, Annette v. Droste-Hülshoff, Bd 56. *Die Kameliendame*, Alexandre Dumas, Bd. 57 *Die Kartause von Parma*, Stendhal, Bd. 58 *Die Kreutzersonate*, Lew Tolstoi, Bd. 59 *Die Leiden des jungen Werther*, Johann Wolfgang v. Goethe, Bd. 60 *Die Leute von Seldvyla I*, Gottfried Keller, Bd. 61 *Die Leute von Seldvyla II*, Gottfried Keller, Bd. 62 *Die Marquise*, George Sand, Bd. 63 *Die Marquise von O.*, Heinrich v. Kleist, Bd. 64 *Die Memoiren der Fanny Hill*, John Cleland, Bd. 65 *Die Ratten*, Gerhard Hauptmann, Bd. 66 *Die Räuber*, Friedrich v. Schiller, Bd. 67 *Die Regentrude*, Theodor Storm, Bd. 68 *Die Reisen des Baron zu Münchhausen*, Bd. 69 *Die Schatzinsel*, Robert Louis Stevenson, Bd. 70 *Die Verlobten*, Allessandro Manzoni, Bd. 71 *Die Verwandlung*, Franz Kafka, Bd. 72 *Die Verwirrungen des Zöglings Törleß*, Robert Musil, Bd. 73 *Die Waffen nieder*, Berta von Suttner, Bd. 74 *Die Wahlverwandtschaften*, Johann Wolfgang v. Goethe, Bd. 75 *Don Carlos*, Friedrich v. Schiller, Bd. 76 *Eduards Traum*, Wilhelm Busch, Bd. 77 *Effi Briest*, Theodor Fontane, Bd. 78 *Egmont*, Johann Wolfgang v. Goethe, Bd. 79 *Ein Held unserer Zeit*, Michail Lermontoff, Bd. 80 *Einsichten und Ausblicke*, Gerhard Hauptmann, Bd. 81 *Emilia Galotti*, Gottold Ephraim Lessing, Bd. 82 *Erinnerungen aus galanter Zeit*, Giacomo Casanova, Bd. 83 *Erzählungen*, Wilhelm Busch, Bd. 84 *Es waren zwei Königskinder*, Theodor Storm, Bd. 85 *Essays*, Michel de Montaigne, Bd. 86 *Franz Sternbalds Wanderungen*, Ludwig Tieck, Bd. 87 *Fräulein Else*, Arthur Schnitzler, Bd. 88 *Frühlings Erwachen*, Frank Wedekind, Bd. 89 *Gedanken*, Blaise Pascal, Bd. 90 *Gefährliche Liebschaften*,

Pierre-Ambroise-François Choderlos de Laclos, Bd. 91 *Gegen den Strich*, Joris-Karl Huysmany, Bd. 92 *Geschichte des Fräuleins von Sternheim*, Sophie v. La Roche, Bd. 93 *Geschichte vom braven Kasperl und dem Annerl*, Clemens Brentano, Bd. 94 *Geschichten aus dem Wienerwald*, Ödön v. Horváth, Bd. 95 *Glanz und Elend der Kurtisanen*, Honore de Balzac, Bd. 96 *Glück und Unglück der berühmten Moll Flanders*, Daniel Defoe, Bd. 97 *Götz von Berlichingen*, Johann Wolfgang v. Goethe, Bd. 98 *Gullivers Reisen*, Jonathan Swift, Bd. 99 *Heidis Lehr und Wanderjahre*, Johann Spyri, Bd. 100 *Heinrich von Ofterdingen*, Novalis, Bd. 101 *Hiob Roman eines einfachen Mannes*, Joseph Roth, Bd. *102 Immensee*, Theodor Storm, Bd. 103 *Iphigenie auf Tauris*, Johann Wolfgang v. Goethe, Bd. 104 *Italienische Märchen*, Clemens Brentano, Bd. 105 *Ivannhoe*, Walter Scott, Bd. 106 Jahrmarkt der Eitelkeiten, William Makepaece Thackeray, Bd. 107 *Jane Eyre*, Charlotte Brontë, Bd. 108 *Jugend ohne Gott*, Ödön v. Horvath, Bd. 109 *Jürg Jenatsch*, Conrad Ferdinand Meyer, Bd. 110 *Kabale und Liebe*, Friedrich v. Schiller, Bd. 111 *Kasimir und Karoline*, Ödön v. Horvath, Bd. 112 *Kinder- und Hausmärchen*, Gebrüder Grimm, Bd. 113 *Kleiner Mann, was nun*, Hans Fallada, Bd. 114 *König Alkohol*, Jack London, Bd. 115 *Krambambuli*, Marie Ebner-Eschenbach, Bd. 116 *Lausbubengeschichten*, Ludwig Thoma, Bd. 117 *Lavinia - Pauline - Kora*, George Sand, Bd. 118 *Leben und Lüge*, Detlev von Liliencron, Bd. 119 *Lebensansichten des Katers Murr*, ETA Hoffmann, Bd. 120 *Lenz. Der hessische Landbote*, Georg Büchner, Bd. 121 *Lieutenant Gustl*, Arthur Schnitzler, Bd. 122 *Lord Jim*, Joseph Conrad, Bd. 123 *Luise*, Johann Heinrich Voß, Bd. 124 *Madame Bovary*, Gustave Flaubert, Bd. 125 *Märchen*, Wilhelm Hauff, Bd. 126 *Maria Stuart*, Friedrich v. Schiller, Bd. 127 *Max Havelaar*, Multatuli, Bd. 128 *Meister Floh*, ETA Hoffmann, Bd. 129 *Michael Kohlhaas*, Heinrich v. Kleist, Bd. 130 *Minna von Barnhelm*, Gotthold Ephraim Lessing, Bd. 131 *Moby Dick*, Hermann Melville, Bd. 132 *Nathan, der Weise*, Gotthold Ephraim Lessing, Bd. 133-1 und 133-2 *Nils Holgersson wunderbare Reise*, Selma Lagerlöf, Bd. 134 *Niels Lyne*, Jens Peter Jacobsen, Bd. 135 *Nußknacker und Mausekönig*, ETA Hoffmann, Bd. 136 *Oliver Twist*, Charles Dickens, Bd. 137 *Onkel Toms Hütte*, Herriett Beecher Stowe, Bd. 138 *Peter Schlemihls wundersame Geschichte*, Adalbert v. Chamisso, Bd. 139 *Peterchens Mondfahrt*, Gerdt v. Bassewitz, Bd. 140 *Pinocchio*, Carlo Collodi, Bd. 141 *Reinecke Fuchs*, Johann Wolfgang v. Goethe, Bd. 142 *Rheinmärchen*, Clemens Brentano, Bd. 143 *Rinaldo Rinaldini*, Christian August Vulpius, Bd. 144 *Robinson Crusoe*; Daniel Defoe, Bd. 145 *Romeo und Julia*, William Shakespeare Bd. 146 *Schach von Wuthenow*, Theodor Fontane, Bd. 147 *Schachnovelle*, Stefan Zweig, Bd. 148 *Schatzkästlein des rheinischen Hausfreundes*, Johann Peter Hebel, Bd. 149 *Schelmuffskys Reisebeschreibung*, Christian Reuter, Bd. 150 *Schloss Gripsholm*, Kurt Tucholsky, Bd. 151 *Siebenkäs*, Jean Paul, Bd. 152 *Sternstunden der Menschheit*, Stefan Zweig, Bd. 153 Tao te king, Laotse, Bd. 154 *Till Eulenspiegel*, Hermann Bote, Bd. 155 *Tolldreiste Geschichten*, Honorè de Balzac, Bd. 156 *Tom Jones, Geschichte eines Findelkindes*, Henry Fielding, Bd. 157 *Tom Sawyers Abenteuer und Streiche*, Mark Twain, Bd. 158 *Troquato Tasso*, Johann Wolfgang v. Goethe, Bd. 159 *Traumnovelle*, Arthur Schnitzler, Bd. 160 *Trost der Philosophie*, Boethius, Bd. 161 *Über den Umgang mit Menschen*, Adolph Freiherr v. Knigge, Bd. 162 *Uli der Knecht*, Jeremias Gotthelf, Bd. 163 *Uli der Pächter*, Jeremias Gotthelf, Bd. 164 *Ungeduld des Herzens*, Stefan Zweig, Bd. 165 *Ut oler Welt*, Wilhelm Busch, Bd. 166 *Vater Goriot*, Honorè de Balzac, Bd. *167 Väter und Söhne*, Ivan Sergejeviç Turgenev, Bd. 168 *Verlorene Illusionen*, Honorè de Balzac, Bd. 169 *Von der Freiheit eines Christenmenschen*, Martin Luther – Bd. 170 *Von der Ursache, dem Prinzip und dem Einen*, Bruno Giordano, Bd. 171 *Vor Sonnenuntergang*, Gerhard Hauptmann, Bd. 172 *Walden oder Leben in den Wäldern*, Henry D. Thoreau, Bd. 173 *Wilhelm Meisters Lehrjahre*, Johann Wolfgang v. Goethe, Bd. 174 *Wilhelm Meisters Wanderjahre*, Johann Wolfgang v. Goethe, Bd. 175 *Wilhelm Tell*, Friedrich v. Schiller

Von demselben Autor/Herausgeber sind bei BOD bereits erschienen:

Alle Tage Feiertage
ISBN 978-3-7386-0409-2, 280 S.
Allerlei Anlässe zum Aktionieren, Feiern und Gedenken

100 Kinderlieder
ISBN 978-3-7322-3024-2, 112 S.
100 Kinderlieder, altbekannt und immer wieder gern gesungen

Liederbuch (Deutsche Volkslieder)
ISBN 978-3-8423-6702-9, 312 S.
300 Volkslieder aus 8 Jahrhunderten und aller Herren Länder

Sagen und Erzählungen aus Marburg und Oberhessen
ISBN 978-3-7347-8909-0 , 164 S.
Allerlei Schwänke und Geschichten aus dem Marburger Land

Tausenderlei über die Freiheit
ISBN 978-3-7322-9721-4, 140 S.
Mehr als 1000 Zitate, Bonmots und Aphorismen über die Freiheit

Tausenderlei über das Glück
ISBN 978-3-7322-5525-2, 160 S.
Mehr als 1000 Zitate, Bonmots und Aphorismen über das Glück

Tausenderlei über die Liebe
ISBN 978-3-8423-7474-4, 140 S.
Mehr als 1000 Zitate, Bonmots und Aphorismen zum Thema Nr. Eins

Weihnachtsgedichte– Verse, Reime und Gedichte zum Fest
ISBN 978-3-7347-6393-9, 352 S.
290 Werke bekannter und unbekannter Dichter zum Weihnachtsfest

Weihnachtsgeschichten - Erzählungen und Märchen
ISBN 978-3-7347-6404-2, 392 S.
85 kurze und lange Texte zur Weihnachtszeit

Weihnachtsgeschichten 2
ISBN 978-3-7481-7533-9, 360 S.
35 kürzere und längere Geschichten zur Weihnacht

100 Weihnachtslieder
ISBN 978-3-7322-3375-5, 112 S.
100 Weihnachtslieder aus der Heimat und der ganzen Welt

Lob und Tadel an tessitore@web.de